传承笔记

葛健 著

北京出版集团
北京出版社

图书在版编目（CIP）数据

传承笔记 / 葛健著. — 北京：北京出版社，2022.8
ISBN 978-7-200-16706-1

Ⅰ. ①传… Ⅱ. ①葛… Ⅲ. ①散文集—中国—当代 Ⅳ. ①I267

中国版本图书馆 CIP 数据核字（2021）第 260033 号

总 策 划　高立志
责任编辑　王忠波　陈　平
责任营销　猫　娘
责任印制　陈冬梅
封面设计　田　晗

传承笔记
CHUANCHENG BIJI

葛　健　著

出　　版：	北京出版集团
	北京出版社
地　　址：	北京北三环中路 6 号
邮　　编：	100120
网　　址：	www.bph.com.cn
发　　行：	北京出版集团
印　　刷：	北京华联印刷有限公司
经　　销：	新华书店
开　　本：	880 毫米 ×1230 毫米　1/32
印　　张：	8.125
字　　数：	130 千字
版　　次：	2022 年 8 月第 1 版
印　　次：	2022 年 8 月第 1 次印刷
书　　号：	ISBN 978-7-200-16706-1
定　　价：	88.00 元

如有印装质量问题，由本社负责调换
质量监督电话：010-58572393

序

《传承笔记》是一本仅看书名会产生疑惑的书。传承于谁？传承什么？如何传承？笔记为什么出书？……其实是否要整理成册甚至出版，我自己纠结过一段时间。因为大家即将看到的是"文章"集锦，源于我在不同会议、论坛、活动上的主旨发言，一些生活中有感而作的杂文及工作中因需而作的诗词歌赋等。这些题材不同、体裁各异的文字拿来出书，从文学的角度显然难以过关。

1977年中断十年的高考制度得以恢复，1978年我幸运并顺利地参加了高考，成为全国改革开放以来的第一批大学生，高等教育改变了我的一生。遵循"学好数理化，走遍天下都不怕"的"时代至理名言"，我在天津大学学的专业是自动化仪表。毕业参加工作之后，我又考取了吉林大学的研究生，并获得了企业管理硕士学位和经济学博士学位。虽然20世纪吉林大学这些专业的课程设计有很多也是偏理工科的，但高等教育还是培养了我简单的写作能力及终身学习的态度，更重要的是——拓宽了我对世界多样性的认知，激发了我对科学文化知识的渴望和为祖国挥洒青春的巨大热情。回想起从小就开始阅读的那些书籍，探究了它们会存在并且广为流传的原因，深思了作者的写作目的，然后我就想通了：这本《传承笔记》虽然记录的是我对个人、对内蒙古仕奇集团企业转型以后的发展、对内蒙古草原文化保护发展基金会成立近二十年来的所思、所想、所考、所得。那么，梳理和出版它们，是为了让更多的读者从我们的角度去看世界，理解世界的真善美。此为目的之一。

《传承笔记》所希望传承的内容，是真善美的草原文化。在我的脑海中，草原文化像一条从远古时代汹涌澎湃奔流而来的大河。它有丰富的支流，充沛的内容，源远流长，最终汇聚到了中华文明和人类文明的海洋。所以出版这本书的第二个目的是希望它能够成为我们还在创作中的与草原文化息息相关的三大部分书籍的一个"引子"，作为一个主编者的内心独白。

第一部分，是流淌在草原上的经济学。多年来，我和同事们一边研究历史文化，一边研究各个年代的经济学现象；一边不断学习理论，一边与时俱进地推行实践，对经济学产生了很多新思考、新认知。针对其中很多平时可能被人们忽略却非常有意思又有意义的，甚至对今天仍影响深远的问题，我们正在进行梳理、回答，有的在国际会议、论坛上已集中阐释。比如：纸币为什么在元朝开始盛行？驿站和冶炼又如何在元朝得以演变和发展？南宋消亡后元朝沿海货运的起点是上海，终点是天津，这对两座城市的发展具有哪些意义？元朝在整修京杭大运河时为何弃洛阳而取直至北京？海上丝绸之路为什么在宋元时期发展成为覆盖大半个地球的人类历史活动和东西方经济文化交流的重要载体，甚至一度被称为"海上陶瓷之路"？同时，我们还梳理了党和国家百年巨变历程中发生在当代草原上的一些重大经济事件，比如乌兰牧骑对经济发展有何影响，如何从制度经济学的角度看待"三不两立"政策等等。美国著名经济学家本杰明·弗里德曼在他的著作《经济增长的道德意义》中阐述："简单的经济增长可以使一个国家的公民更加自由，国家更加开放、更加民主。更何况若是经济系统的增长导致我们应重新审视它们。"因此，无论是对元朝历史，还是对内蒙古近几十年的发展，我们应该从经济学的视角加以审视、认识。

第二部分，是流淌在草原上的我们的时代和青春。我的家乡呼和浩特曾经是毛纺织基地。20世纪后半叶，上一代人所做的工作是将千百年来草原上的羊毛纺成纱、织成布，让内蒙古的老百姓都能穿上毛料；而我们这一代人，是将毛料做成西服，创造出自己的产品品牌乃至企业品牌，让仕奇西服走进千家万户，名扬海内外。在产业发展的过程中，全国各地的有志青年纷纷来到大草原，来到呼和浩特，走进毛纺大院，编织出了很多可歌可泣的故事。从而涌现出一大批杰出的毛纺人，如李云、刘秀英、朱金慧、姜培芬等知识分子，毕喜勒图、贺希格、李慧来、李同悦等各族革命干部，他们将全部青春都奉献给内蒙古的毛纺织业和服装服饰行业。我们将用文字把他们的故事讲述出来，用《青春无悔》书写他们无悔的青春，或用适合的文艺形式表现出来，让他们的精神流传下去。在深化国有企业改革方针政策的指引下，我们的企业积极探索发展之路，逐步将发展重心转移到文化产业上来，大家继续用努力拼搏的汗水一次又一次地洗去转制的艰难和创业的艰辛，做到了问心无愧。我们所做的这些努力，以期给呼和浩特这座城市和内蒙古大草原的"岁月"以"文明"。

第三部分，是流淌在草原上的英雄故事。团队正在将多年来拍摄成的《成吉思汗》《忽必烈》《海林都》

系列等影视剧和即将拍摄的十几部电影的几百万字的剧本重新整理，创作成书，进行再次传播。美国学者杰克·威泽弗德在《成吉思汗：比武力更强大的是凝聚力》一书中这样写道："纵观世界历史上伟大的征服者，他们之所以伟大，并不仅仅在于他们金戈铁马、摧枯拉朽般的征服和战绩，而是在于他们给人类社会带来的改变，所造成的深远影响……"传承和传播草原文化是我们的使命，尤其是在内蒙古草原文化保护发展基金会于2021年9月30日获得联合国"特别咨商地位"之后，我们的这种使命感更加强烈了。借此契机，我们要对既往工作进行系统而广泛的宣传。国家提出"一带一路"倡议和构建人类命运共同体理念，不断申明中国向来是国际秩序的维护者、建设者和贡献者的立场。但国际形势复杂多变，各国文化、价值观缺乏认同，需要更多的像我们这样的非政府组织通过联合国的平台对不同文化进行推广和传播。借助这个平台，我们要让更多观众和读者深知，成吉思汗、忽必烈这样曾经从东方走向世界的人物，不仅是草原文化的重要组成部分，更是中华文化的重要组成部分。我们要通过他们讲好中华文化故事，为全球发展不断贡献中国智慧和力量。

总之，《传承笔记》记录了我多年来工作和生活的重要心路历程，也是抛砖引玉的一块"砖"。上述以《传承笔记》作序的三大部分书籍的撰写、编辑、出版工作量巨大，希望更多的热爱草原文化的有识之士加入我们的团队。我想大家定会和我一样，将这部分工作作为我们对企业、对社会、对国家、对党多年培养的一份回报与感谢吧！希望团队创作的这些作品能够为草原文化注脚，更希望它们能成为展示中华文明的一张小小名片。

葛　健

壬寅年春于呼和浩特

目　录

妈妈最想让孩子知道的幸福密码　/001

父亲的初心　/006

With Love
　　——给女儿的一封信　/010

源　泉　/012

我是那棵树　/019

我的父亲　/031

草原文化是内蒙古得天独厚的资源优势　/034

站在未来的高度看历史　/047

让草原文化插上钱学森思想的翅膀　/051

昂首阔步，走进新时代的春天里　/060

草原的思念
　　——致武汉的朋友们　/063

战车和翅膀　/064

你当像一棵树　/067

"五星"内蒙古味道　/076

内蒙古味道　/084

内蒙古饭店小夜曲　/088

温暖的家　/094

仰望星空的人　/097

我是蒙古族人　/100

在新文化的春天里　/108

如果你也和我一样　/117

再现大元王朝的辉煌

　　——致电视剧《忽必烈》剧组后期的工作者　/125

大哉乾元　/135

道行之而成，物谓之而然

　　——庚子新春祝愿　/138

I am John　/146

父　亲　/154

这片森林，给岁月以文明　/157

致《海林都之燃情岁月》剧组　/164

森林之恋　/167

又见胡杨

　　——致《阿拉腾·陶来》剧组　/171

看胡杨 /178

向世界展示草原文化魅力 /182

蓝天白云 /188

构建人类命运共同体 /192

内蒙古品牌的打造与草原文化的建设 /198

共同拥有 /205

蓝蓝的天上白云飘 /208

天人合一 敬畏自然 /213

发展与回归：草原文化与生态文明 /218

牧区现代化随感 /225

阿尔山记 /228

后 记 /237

妈妈最想让孩子知道的幸福密码

现在人们常说"官二代""富二代",我则是一个农民的儿子,可称为"农二代"。中国农民那种质朴、吃苦耐劳的精神,伴随了我父母的一生。常言说"近朱者赤",父母的言行对我们的影响,我们都有着深刻的印象。无论是我们内心还是身体的记忆,都留有父母的味道。

我的父亲、母亲对于物质生活没有什么过多要求。他们都经历过20世纪那段黎明前的黑暗,所以对于他们而言,幸福和快乐不是去好的馆子吃点什么、穿几件名牌衣服,也不是住大房子和坐高级车。我们平日交谈甚多,却几乎从未谈起这些,我深知他们对现在生活的满足。在他们的骨子里还保留着中国农民的精神,他们只是希望在岗位上很好地完成任务，离开岗位后能老有所用，继续发光发热，若让他们闲下来，恐怕才是对他们最大的折磨。

每一位中国母亲，都和自己的儿女有一个共同的梦，这个梦要自己和儿女共同来圆。每一位中国母亲，都是在望子成龙、望女成凤的过程中，实现了与儿女共同成长的理想。可以说，中国母亲是在自身实践的过程

郭伟忠 摄

中，逐渐成为家庭教育专家的。其他子女眼中的"专家"是否合格我不得而知，但我的母亲在我心中成绩是优+。母亲告诉我以及我孩子的那些道理，虽然都很浅显，但都是她长年累月求证过的，被我们深深地记在心里且终身受益。

我经常自诩是一个"农二代"。其实，更准确地说是一个"革命的二代"，这是父母亲对我们最大的期待。

"革命的二代"对于一些年轻人来说,这个名词已经有些陌生,但对于我却始终不会远去。革命事业的传统不能丢,为他人着想,为人民服务,这是作为儿子的理解。

无论是童年还是现在,父母留给我最大的印象,莫过于他们是地道的共产党员。他们对党的感恩,习惯用行动去表达。他们喜欢"共产党员"这个称谓,因为这是曾经让他们兴奋得彻夜难眠、遵守一生的承诺。

母亲参加革命多年,在工作的舞台上唱了大半辈子的主角。她认为自己十三岁参加儿童团,就可以视为在新中国成立前参加革命工作。后来组织说不能从那时起算参加工作,为此她曾心里很纠结,还是我做通了她的思想工作。我说:"参加革命和参加工作不是一回事,参加革命是不需要回报的。"后来她再没去找组织说什么。她想通了,我也很高兴。这是我为母亲做的最满意的一件事儿。

一天,看到母亲花费数十年时间剪得厚厚的几沓剪报,我心中暖流涌动,不禁热泪盈眶。因为以前只是零星读过这些剪报,但从未想到有如此之多。想到她离开工作岗位后,还每天用心搜集、整理这些她阅读后觉得可能对家人、朋友有用的东西。我突然明白了,为什么母亲身边会有那么多朋友,为什么我的同学、同事甚至是我孩子的同学、朋友都愿意和母亲聊天,亲切地叫她一声"杨姨"或是"奶奶",为什么我的一位朋友曾把我们家餐厅比作"社会主义大食堂"……

我无法用煽情或是矫情的文字来表达我的心情,于是萌生了鼓励她出书的想法。母亲听后谦虚地说"都是些粗浅的东西",我却觉得阅读的角度不同,所读到的心情和感觉都会不同。如果大家都能站在为子女的角度去阅读,就当作聆听一位妈妈想对孩子们说的一些话吧,起码会觉得很温暖。

2011年11月·呼和浩特市

(本文原为《一沓剪报——妈妈最想让孩子知道的幸福密码》序言)

父亲的初心

"葛生蒙楚，蔹蔓于野。……冬之夜，夏之日。百岁之后，归于其室。"(《诗经·葛生》)如今我同大姐、二姐偕家眷随母亲伫立于此，瞻望灵堂高悬的父亲遗像，心中纵有千言万语，此刻却只能借这篇《父亲的初心》略表一二，就像您生前大多数时候那般不善言辞了。

您虽然不善言辞，却用了一生的时间、用实际行动向世人证明了您是一个勤学、清正、不忘初心的人。年少时，您的初心非常简单，简单到只有吃饱饭和有书念两条。十几岁参加抗日活动，投身革命，直至加入中国共产党，有了一群志同道合的青年同志，初心才逐步丰富起来。

您一生最大的愿望就是自己和后来的子女们都能上

大学。您告诉我们，由于脱产上大学，自己没有了工资，一家人全靠母亲一个人的工资维持了五年，生活得非常困难。但您说，系统学习到了马列主义，能够为党和国家做贡献，是非常值得的。

您的认识也非常简单和朴素，这一切只有共产党和新中国才能带给您。解开枷锁后，您得到的是一个崭新的世界。您要用全部的生命为党、为国家做贡献来报答她们给您的一切。

我们知道您非常眷恋这个社会、这个时代。前段时间您生病在家卧床期间，稍微有点力气就要翻翻枕边的书。我们为您搭建灵堂时，没有燃香点蜡，而是在桌上摆上了您生前最爱阅读的"四书五经"、"二十四史"、《资本论》……手不离卷，是您用一生镌刻在我们脑海中的剪影画。

您是一个非常乐观又容易满足的人，从来不向组织伸手。由于内蒙古自治区早于新中国两年半成立，东北地区有很多同志是在那两年半内参加革命的，母亲也是其中之一。他们曾经很纠结自己是新中国成立前的干部还是新中国成立后的干部，您很坦然地说，请大家想想，十几岁时为什么参加革命。后来有很多叔叔、阿姨包括我的母亲很感谢您，是您的话让他们释怀了。

您对子女要求也非常严格，年轻时我曾经追逐名

郭伟忠 摄

利,可您并不高兴,但当我读完了博士,您和我说话的语调都变了,高兴之情溢于言表。

您一身正气、两袖清风,不卑不亢。努力奋斗的人生观、价值观和荣辱观,薪火相传,会使我们终身受用。

岁月无情,草原有爱。天若有情,可有憾焉!父

亲,请您安息吧!您像天上的风、夜空的星、流动的云和雨后的彩虹,永远伴随着我们继续走好人生坎坷的奋斗之路。

2019年8月·呼和浩特市

With Love
　　——给女儿的一封信

今天是20世纪最后一个中秋节,过几天就是新中国五十华诞。而你——爸爸最亲爱的人,也已快长大成人了。前几天,你考试成绩不好,爸爸觉得应该给你写点东西,但写了几次都不满意。好在你爸爸办企业多年,知道怎么做成本最低,于是把诺贝尔文学奖得主英国著名诗人拉迪亚德·吉卜林写给他儿子的一首诗《如果》改编给你:

如果在众人六神无主之时，
你能镇定自若而不是人云亦云；
如果在被众人猜忌怀疑之日，
你能自信如常而不去妄加辩论；
如果你有梦想，又能不迷失自我，
如果你有神思，又不至于走火入魔；
如果在成功之中能不得意忘形，
而在灾难之后也勇于咀嚼苦果；
如果听到自己说出的奥妙，
被无赖歪曲成面目全非的魔术而不积怨；
如果看到自己追求的美好，
受天灾而破灭为一摊零碎的瓦砾，也不说放弃；
如果你跟村夫交谈而不变谦恭之态，
和王子散步而不露谄媚之颜；
如果他人的爱憎左右不了你的正气，
如果你与任何人为伍都能卓然独立；
如果奋然的骚扰动摇不了你的意志，
你能等自己平心静气，再作答对……
那么你的修养就会如天地般博大，
而你，就是真正的世之骄子，我的女儿！

　　　　　　　　　　1999年中秋·呼和浩特市

源　泉

今天是中国共产党九十六岁的生日，今年是内蒙古自治区成立七十周年，也是内蒙古草原文化保护发展基金会成立的第十一个年头，北周的庾信在他的《郊庙歌辞·徵调曲》里曾经说："落其实者思其树，饮其流者怀其源。"纪伯伦也曾在他的诗中写道："不要因为走得太远，而忘记为什么出发。"

当我们在各自的岗位上努力工作忘我拼搏的时候，当我们在鼓励青年人要开拓创新自立自强的时候，当我们在困难面前咬紧牙关坚持抗争的时候，我们更应该饮水思源，去思去想我们出发时头顶那片闪耀星空和脚边那眼涓涓源泉，去思去想几十年我们一路走来所有的辛劳付出和收获，方可笃信时下每一天我们奔跑的方向，

源　泉 | 013

郭伟忠 摄

并从中获得源源不断的力量。

我参加乌杰先生《系统美学》新书发布会时曾讲到两个故事：一个是八百四十年前，成吉思汗被他的父亲送到呼伦贝尔草原与未婚妻孛儿帖一起生活。有一天，他拉着孛儿帖的手，在黄昏壮美的草原上看着夕阳西下，孛儿帖问他：你这一生最想干的事情是什么？少年铁木真眼里闪着光，望着远方说："我想去太阳落山的地方看一看。"彼时他心中想，那个地方一定很美，对未知与美的向往，指引他前行。他经历种种磨难，迅速把一个落后的、弱小的民族带上世界舞台。当几十年以后，近六十岁的成吉思汗带着东方的文明到达了当时的西方。这个世界上除了孛儿帖，可能没有别人知道，那就是他所向往的、美的、太阳落山的地方。

八百多年后的今天，我们回看历史，从唐三彩到宋钧窑再到元青花，从唐诗到宋词再到元曲以及所有服装、饮食的变化，还有赵复北上带给中国理学、哲学的影响……对内，我们有兼容并包、和谐发展的思想衣钵；对外，我们有"一带一路"东西方交流的历史传承。不得不说，历史上这段民族的成长和那个曾经沐浴霞光、向往西方的少年的人生，也是我们草原民族继续前进的源泉！

另一个故事是一百年前，1917年1月，蔡元培出任北京大学校长。他到校的第一天，校工们在校门口排队恭敬地向他行礼，他一反此前历任校长目中无人、不予理睬的惯例，脱下礼帽郑重地向校工们回礼，并且从此之后的每一天都是如此：他每天出入校门，校警向他敬礼，他都脱帽还礼。当时在校工和学生眼中这是很大的"创新"之举。后来，这位追求民主、科学的蔡校长，不仅三顾茅庐请来了陈独秀，还不拘一格地聘用胡适来北京大学任教，共同引领了中国的新文化运动。同年11月，俄国十月社会主义革命一声炮响，震动了全世界，也照亮了中国革命的道路。从此新文化运动有了新的内容，进入了宣传马克思主义的新阶段。那时的青年人看到了民族解放和民族复兴的希望，找到了心中之源泉。两年以后，他们中的一部分进步青年参与了反帝反封建的五四运动，其中又有一小部分青年在两年以后成立了中国共产党。这之后的一百年，便是中国翻天覆地的一百年。

中华民族在中国共产党的领导下，在无数来自学界、艺术界、商界等社会各领域的仁人志士的共同努力下，从此站起来了。在那些危难时刻指引我们挺身而出的，在那些困难时刻指引我们咬牙坚持的，在那些成功时刻指引我们认清方向继续向前的，是共产主义的理想信念，是爱国主义精神，是艰苦奋斗、勇于创新、开

郭伟忠 摄

拓进取的行动准则，这些是我们中华民族继续前进的源泉！

生在草原，长在草原，我们身上既传承了草原民族的英雄果敢，又肩负着振兴中华民族的历史使命。1997年，基于心中源泉，我们投资拍摄了电视剧《成吉思汗》。2006年，为"梳理、传承、保护、发展"草原文化的内蒙古草原文化保护发展基金会应运而生。十年来，在基金会广大会员与工作人员、志愿者的不断努力下，在在座各位朋友的支持与帮助下，我们围绕草原文化与区域发展召开了第十九届草原文化百家论坛；与百老汇世界级团队合作制作出品了《心之恋》《阿拉腾·陶来》《天骄·成吉思汗》《阿尔山》《梦之都》等五部音乐剧；出版草原文化相关书籍；出品《传承》杂志百余本；收集、整理、创作了数以千计的学术论文、诗歌、草原歌曲等优秀作品。筹备多年，九易成稿的历史剧作《忽必烈》，也于今年年初在锡林郭勒盟正蓝旗开机，现在正值如火如荼的拍摄阶段。

习近平总书记曾说，一个国家的发展水平，既取决于自然科学的发展水平，也取决于哲学社会科学的发展水平。这十余载，内蒙古草原文化保护发展基金会所做的所有工作和努力，是期望在国家哲学社会科学体系的统领下，建立我们自己的，充满思想性、艺术性和正能量的哲学社会科学体系，并用理论指导实践，不断创新，创造文化高原、艺术高原的新的里程碑。

敬爱的周恩来总理曾说："我们爱我们的民族，这是我们自信心的源泉。"今天，在中国共产党九十六岁的生日、内蒙古自治区成立七十周年、内蒙古草原文化保护发展基金会创建十一年之际，有幸请到大家济济一堂，参加今天的活动，希望我们共同把这份对民族的爱、对国家的爱表达出来，用实际行动去表达这份爱，更加自信、更加努力地去拼搏、去担当、去奉献，以至竭尽此生！

2017年7月·呼和浩特市

（本文原为中国共产党九十六岁生日主题演讲）

我是那棵树

今天是我们党的一百岁生日,作为一名党龄三十六年的老党员,很高兴也很激动能够参与到今天的活动中。上个月,我们刚刚拿到了国家广播电视总局为《忽必烈》颁发的国产电视剧发行许可证,相信这对于在座的各位以及今天未能到场的广大同事、朋友们来说都是一个非常重要的好消息——这既是国家对我们阶段性工作的又一次认可,又是对我们文化自信的增强。美国文明之父、思想家、文学家爱默生曾说:"自信是英雄的本质。"敬爱的周恩来总理也曾说:"我们爱我们的民族,这是我们自信心的源泉。"所以今天的发言,我主要想围绕如下三个方面展开。

第一,关于"民族团结"、"人民"和"英雄"的一些思考。

回望百年,中国共产党始终非常重视民族团结问题。红军长征时期,刘伯承作为先遣部队的司令,所开辟的路线大部分都途经少数民族地区,包括苗族、彝族、藏族地区等等,所以从1921年建党,到1949年中华人民共和国成立,中国革命的胜利与民族团结的关系是千丝万缕的、谁也离不开谁的。其中,1947年内蒙古自治区率先成立,这是我们党民族区域自治政策在理论及实践上的巨大成功。

2019年9月27日,习近平总书记在全国民族团结进步表彰大会上的讲话指出:我们党创造性地把马克思主义民族理论同中国民族问题具体实际相结合,走出一条中国特色解决民族问题的正确道路,确立了党的民族理论和民族政策,把民族平等作为立国的根本原则之一,确立了民族区域自治制度,各族人民在历史上第一次真正获得了平等的政治权利,共同当家做了主人,终结了旧中国民族压迫、纷争的痛苦历史,开辟了发展各民族平等、团结、互助、和谐关系的新纪元。

我们灿烂的文化是各民族共同创造的。中华文化之所以如此精彩纷呈、博大精深,是因为它兼收并蓄的包容特性。展开历史长卷,从"赵武灵王胡服骑射"到

"北魏孝文帝汉化改革",从"洛阳家家学胡乐"到"万里羌人尽汉歌",从边疆民族习用"上衣下裳""雅歌儒服"到中原盛行"上衣下裤"、胡衣胡帽,以及今天随处可见的舞狮、胡琴、皮靴、裘皮大衣等,展现了各民族文化的互鉴融通。各族文化交相辉映,中华文化历久弥新,这是今天我们强大文化自信的根源。

借民族团结话题,我希望向大向深延伸出两个话题:"人民"和"英雄"。

1925年,毛泽东同志在《政治周报》发刊词中写道"为了使中华民族得到解放,为了实现人民的统治,为了使人民得到经济的幸福",这是对中国共产党初心使命的最早阐述。我们党来自人民,党的根基和血脉在人民。党的百年历史,就是一部党与人民心连心、同呼吸、共命运的历史。大革命失败后,30多万牺牲的革命者中大部分是跟随我们党闹革命的人民群众;红军时期人民群众就是党和人民军队的铜墙铁壁;抗日战争时期,我们党广泛发动群众,使日本侵略者陷入了人民战争的汪洋大海;淮海战役胜利是靠老百姓用小车推出来的,渡江战役胜利是靠老百姓用小船划出来的;社会主义革命和建设的成就是人民群众干出来的;改革开放的历史伟剧是亿万人民群众主演的。历史充分证明江山就是人民,人民就是江山。说到这里,熟悉或参与到我们主创的电视剧《忽必烈》一剧中的同志们,有没有感觉到一丝熟悉呢?

在肯定人民群众创造历史的同时,我们不能忘记英雄人物的辉煌业绩和历史作用。"一个有希望的民族不能没有英雄,一个有前途的国家不能没有先锋。"近代以来,无数英雄先烈为了国家富强、民族解放呕心沥血,甚至献出了宝贵的生命。陈独秀、李大钊的激情演讲,在神州大地传播马克思主义;夏明翰、瞿秋白的慷慨就义,坚信共产主义一定胜利;陈铁军、周文雍刑场上的婚礼,革命浪漫主义的乐曲一直在空中回响;陈树湘的英勇壮烈、赵一曼的坚贞气节、雷锋的精神光芒、王杰的血性胆魄……直至当代的航天英雄、人民英雄、抗疫英雄、脱贫攻坚英雄等。对这些英雄,我们要深刻感悟他们的壮举和思想,从精神上接受洗礼,净化心灵,汲取营养。

习近平总书记指出:"回顾历史不是为了从成功中寻求慰藉,更不是为了躺在功劳簿上、为回避今天面临的困难和问题寻找借口,而是为了总结历史经验、把握历史规律,增强开拓前进的勇气和力量。"我们学党史、学民族历史、学区域发展史、学企业发展史,是要不断武装我们的思想,通过感悟和思考,作用于当前工作,在实践中践行"越是艰险越向前"、"咬定青山不放松"

和"敢教日月换新天"等精神，积极传播正能量，在新时代建设中争当弄潮儿、促进派、宣传员、实干家，以千百党员力量汇集成企业发展和区域发展的磅礴力量，汇入祖国新时代发展的洪流之中，不断奋楫破浪、斩关争先。

郭伟忠 摄

第二，我想结合我们企业实际，谈谈如何在中国共产党领导下，在新时代更好地走好脚下的路。

一百年，对于个体，已是涵盖一生；一百年，对于一个国家，只是弹指一挥；一百年，对于一个政党，恰是风华正茂。同样风华正茂的，还有我们的企业。

学习百年党史我们一定要清晰地认识到，一代人有一代人的使命，一代人有一代人的担当。反观我们自身，结合企业实际，除了内蒙古草原文化保护发展基金会在更宏观的文化领域进行一些研究工作外，我们更多的是涉及日常生产和生活领域的经营类工作，比如我们的内蒙古饭店、内蒙古味道、内蒙古影视、内蒙古能源、成吉思汗酒业……都是和刚刚第一点里提到的"以人民为中心的发展思想"，以及"民族团结"和"英雄榜样力量"这些思想密不可分的。

十年前，我们开始筹备拍摄电视剧《忽必烈》，到今年拿到发行许可证，这是继电视剧《成吉思汗》之后，又一个让人们能够重新认识蒙古族人的作品。入主中原后，他们不但没有使中华文化断代，而且无论从文化、经济、军事等领域都使之得到了长足的发展。正因为这是一个学习型的民族，民族间不断地学习，相互影响，促进了民族的交往融合，这正是与我们党相同的经历。习近平总书记参加十三届全国人大四次会议内蒙古代表团审议时强调,一切向前走,都不能忘记走过的路,走得再远,走到再光辉的未来,也不能忘记走过的过去,不能忘记为什么出发。

各族人民亲如一家,是中华民族伟大复兴必定要实现的根本保证。为什么我们要选择林业工人的故事、治理沙漠的故事、党建立学校的故事,因为这些故事就是我们党这些年在内蒙古地区、少数民族地区所做的工作,我们选择用电影、电视剧、音乐剧等大家喜闻乐见的形式,来表现我们党在内蒙古这片土地上所做的荡气回肠的事情,以及内蒙古作为我国最早成立的民族自治区,在促进民族团结上所做出的贡献。

文化认同是最深层次的认同,是民族认同,是国家认同和政治认同的基础,是民族团结之根,民族和睦之魂。中华文明根植于"和而不同"的多民族文化沃土,历史悠久,是世界上唯一没有中断、发展至今的文明。少数民族文化保护和传承,对于引导人们树立正确的历史观、国家观、民族观、文化观,不断巩固各族人民对伟大祖国的认同、对中华民族的认同、对中国特色社会主义道路的认同至关重要。换句话说,我们每天工作的过程就是在不断践行中国共产党伟大思想的过程。所以我们应该在这个过程中不断深入地领悟自己肩头的使命、明确责任担当,努力把党的精神力量和工作方法运用到实践中，更加大胆地去创新，健康成长。正如今天发言的题目《我是那棵树》所想表达的，我们每一位党员，都是九千万分之一，成长在中国共产党这片欣欣向荣的森林之中，要坚持思考和践行，把"成才梦"融入"中国梦"，对照党和国家的"大目标"确定个人的"小目标"，主动为企业发展建言献策、为转型探索冲锋陷阵、为一个个项目聚力，以"功成不必在我"的精神境界和"功成必定有我"的使命担当实干创业。

第三，我想和大家探讨的是，从我们每个党员自身出发，尤其是青年党员同志们，应该如何发挥好先锋带头作用呢？

说到我们党和我们企业时，我用了一个词：风华正茂。目光聚焦到企业发展，我们业务层面的战略转型和布局尚未完成，仍在不断探索创新，人员组织和团队又正处于新老交替的时期，这个时候特别需要党员同志们，尤其是青年党员同志们充分调动主观能动性，更加努力地担当和成长。具体的成长路径以及如何发挥先锋带头作用，我有如下三点建议和期盼：

首先，继续提升理论学习，尤其是党史的学习。"欲知大道，必先为史。"习近平总书记在党史学习教育动员大会上指出："我们党的一百年，是矢志践行初心使命的一百年，是筚路蓝缕奠基立业的一百年，是创造辉煌开辟未来的一百年。"在庆祝我们党百年华诞的重大时刻，在"两个一百年"奋斗目标历史交汇的关键节点，广大党员尤其是青年党员们要在读党史、学党史、悟党史的时空穿越、思想旅行和精神共振中，结合中国古代史、近代史、新中国史、改革开放史，进一步深刻认识马克思主义为什么"行"，中国共产党为什么"能"，中国特色社会主义为什么"好"，深入感悟党为什么能诞生、为什么能执政、为什么能在不同历史时期带领人民实现梦想。重视学习、善于学习、终身学习，是我们党从胜利走向胜利的传家宝。我们党依靠学习创造了历史，也必然依靠学习走向未来。习近平总书记也反复强调，要把学习作为一种追求、一种爱好、一种健康的生活方式，做到好学乐学。

我简单了解了上半年各个支部党员活动的开展情况，感觉到理论学习欠缺以及形式大于内容。大家组织的活动在学习层面，不够全面、不够系统、不够精专、不够结合实际。因此我建议，在贯彻落实"六个进一步"的前提下，在今后的学习和组织活动中，我们能够做到"三个结合"。一是要坚持集体学习与个人自学相结合。要进一步明确学习模式和教材，充分发挥每个党员学习的主观能动性。二是要坚持学党史与学区域发展史、民族历史相结合。做到知史爱党、知史爱国、知史爱家乡、知史爱工作。三是要坚持学习思考与岗位实践相结合。具体大家应该有自己的思考，因为每个人的岗位不同，结合的点也不同。希望就这点，青年党员全体都有，每个人可以向所在党支部提交一篇思想汇报，字数不限，内容精专即可。

其次，我们一定要带着问题去学习，带着使命去学习，要理论结合实际，要善于思考、活学活用、自我革

郭伟忠 摄

命。习近平总书记曾经指出，理论学习贵在独立思考，学用结合，学有所悟，用有所得。学习的重点在于思考，关键在于运用，我们应努力做到学有所思、深入浅出、举一反三，在自我对话中醒悟，在与他人交流中检查，在工作实践中升华。

同样，革命者必先自我革命，革命者永远年轻。我们党总是在推动社会革命的同时，勇于推动自我革命，始终坚持真理、修正错误，敢于正视问题、克服缺点，勇于刮骨疗毒、祛腐生肌。这是我们党鲜明的品格之一，也是我们党的优势之一。我们要在"跟党走"上下功夫，就要在学有所行中进一步提升聚焦度、贡献度。要善于从学习中汲取精华、启迪智慧、砥砺品格，最终把学习成效转化为实践运用，以工作成效来检验学习实效，最终实现自身成长蜕变而脱胎换骨。

最后，就是撸起袖子加油干。青年党员同志们更要在多学、多想、多说的基础上，不斤斤计较地多干。遇到问题不畏难，本着解决问题的态度去工作。习近平总书记强调，干工作就是同矛盾和困难做斗争。在《之江新语》专栏也曾引用毛泽东同志的一段话："什么叫工作，工作就是斗争。那些地方有困难、有问题，需要我们去解决。我们是为着解决困难去工作、去斗争的。"同样，青年党员同志们还要在工作中发挥敢为人先的创新精神——有了为企业、为时代发展的情怀和主人翁意识，有了求实务实的事业观和效益观，年轻人还要有创先争优的锐气和大胆尝试的魄力。具体创新什么，如何创新，还是希望大家在思想汇报中阐释，我们有机会再做具体交流。

　　总之，站位"两个大局"交织、"两个百年"交汇、"两个规划"交接的关键历史节点，凝视我们党用奋斗绘就的精彩故事长廊，我们有理由相信："黄金时代，不在我们背后，乃在我们面前；不在过去，乃在将来。"回看走过的路，我们坚定信仰、学史鉴今、增强自信；远眺前行的路，我们敢于担当、不断开拓、奋力创新。中华民族伟大复兴所依靠的，必然是全体党员乃至全体中国人民不变的信仰，人民有信仰，民族有希望，国家有力量。我们每个人，都是这片郁郁葱葱的森林里的一棵努力向上生长的树。

2021年7月1日·呼和浩特市

　　（本文原为在中国共产党成立一百周年庆祝活动上的主旨发言）

我的父亲

你从黑暗迷茫中走来
一群像你一样的人
用双手砸碎锁链
开创了一个充满阳光的时代

你从贫穷饥饿中走来
一群像你一样的人
抗饥寒无私奉献
开创了一个共同富裕的时代

你从无知愚昧中走来
一群像你一样的人
苦读书坦荡胸怀
开创了一个改革开放的时代

父亲，啊父亲
一群像你一样的人
是我们的天，是我们的地
在中华儿女心中珍藏了一百年

父亲，啊父亲
一群像你一样的人
从未走远，变成无数星辰
点亮星空指引我们勇往直前

2022年7月·呼和浩特市

（歌曲为喜迎党的二十大胜利召开、永记革命前辈的丰功伟业有感而作）

我的父亲

1=D 4/4

葛健 词
赵天华 曲

0 5 6 | 3 2 3 2 1. 6 | 1 - - 0 3 5 | 6 6 6 6 5 6 5 5 1 | 2 - - 0 2 |
你从　黑暗迷茫中　走　来　　一群　像你一样的人一样的　人　　用

5 3 3 - 3 5 | 1 6 6 - 0 6 6 1 | 2 2 2 3 5 6 6 6 2 1 | 1 - - 0 5 6 |
双手　砸碎　锁链　开创了　一个充满阳光　的时　代　　你从
　　　　　　　　　　　　　　　　　　　　　　　　　　　　　你从

‖: 3 3 3 2 1. 6 | 1 - - 0 3 5 | 6 6 6 6 5 6 5 5 1 | 2 - - 0 2 |
贫穷饥饿中　走　来　　一群　像你一样的人一样的　人　　抗
无知愚昧中　走　来　　一群　像你一样的人一样的　人　　苦

5 3 3 0 3 5 | 1. 6 6 - 0 6 6 1 | 3 2 2 3 5 6 6 6 2 | 1 - - - |
饥寒　无私　奉献　开创了　一个共同富裕　的时　代
读书　坦荡　胸怀　开创了　一个改革开放　的时　代

3. 5 5 3 3. 2 2 | 2 1 3 6 5 5 5 | 6 1 1 6 6 5 6 3 | 6 5 6 3 2 2 - |
啊　　　　　　父亲 啊父亲　一群像你一样的人　一　样的　人
啊　　　　　　父亲 啊父亲　一群像你一样的人　一　样的　人

3 2 2 1 3 - | 3 2 1. 2 6 - | 0 6 5 6 1 1 2 3 2 2 | 2 2 3 2 6 1 - :‖
是我们的天　　是我们的地　　在中华儿女心　中　珍藏了一百年
从未走远变　　成无数星辰　　点亮星空　指引我们　勇往　直　前

草原文化是内蒙古得天独厚的资源优势

众所周知，内蒙古自治区近几年经济快速发展、社会和谐进步，特别是以能源产业的发展为带动，以煤、铁、铜、盐等近百种丰富的矿产资源和以奶乳再加工的草原特色资源为依托的各项产业，发展后劲十足，来势凶猛。为此，有识的领导和专家、企业家认为，今后几十年内蒙古这种优势资源经济的长足发展，将进一步释放并凸显内蒙古资源大区的区位发展优势，对国家的发展和建设起到巨大的作用。

在今天的论坛上，我们所要强调和阐述的是"草原文化"，也是内蒙古自治区得天独厚、极具特色的资源优势。

任何一个国家或地区的经济发展和社会进步，首先必须有文化的发展作为储备或称为"以文化为内蕴依托"。随着势能的积聚，随着效能的显现，发展到一定程度后，文化产业也将成为这个国家或地区的支柱产业。这是一个发展趋向势能的互补和联动的过程。欧美是这样的，快速发展的发展中国家也是这样的。内蒙古自治区改革开放以来的超强快速发展，其中既有中央的合理政策、自治区党委政府的英明领导，也到处洋溢和彰显着"草原文化"开放、进取的特征和放眼世界的博大胸怀以及特色区域经济的效能。

内蒙古仕奇集团从十年前提出"草原文化发展战略"，从理论研究到现实实践一直在做着不懈的努力。在各级领导和社会各界人士的殷切关怀和大力支持下，依托大草原所具有的深厚民族文化根基和底蕴，博采积蕴，逐步发展成为集旅游服务（饭店）、纺织服装、食品饮料（酒业）和文化产业于一体的企业集团。其中，电视剧《成吉思汗》的热播，蒙古族青年无伴奏合唱团的成功演出，成吉思汗酒等系列文化产品的成功面世，草原文化主题酒店——内蒙古饭店的华章凯歌，都使我们深深地体会到草原文化的生命力和其中蕴含着的无限商机。我们的愿景就是希望用微薄之点带动全局之面。

这次我们发起举办的"草原文化百家论坛",就是力主梳理草原文化脉络、共享草原文化荣耀、共创草原文化辉煌,深度探究草原文化内涵的一次盛会。

除了各位专家的主题发言之外,我们还将正在探讨的问题和研究的课题归纳如下:

一、草原文化的形成、历史沿革和深刻内涵

文化是一个民族的血脉和灵魂,不同国家与民族独

郭伟忠 摄

特的文化和传统，是其（形态和种族）赖以生存、延续的基础。

"草原文化"通常确指由北亚各民族，特别是以蒙古族等为代表的各游牧民族共同在自然生存和发展境态下而创造、形成的一种文化。它的最主要构成和形态演绎始发于从兴安岭到阿尔泰山的蒙古高原，史称"中央亚细亚核心枢纽区"。由于成吉思汗时代和后成吉思汗

时代蒙古人的不断西征和南下，呈现势力的急剧扩张化，中亚地区、波斯阿拉伯地区、印度次大陆、俄罗斯地区等相继建立起了蒙古血统的帝国和王朝，形成了一股前所未有的主宰欧亚大陆的庞大势力。其间，草原文化在人类历史上第一次以空前的姿态兼收并蓄了世界范围的先进文化，充实了自身文化内容，丰富了自我文化内涵，草原文化的核心内涵——开放、诚信、包容、给予、进取、健康、快乐、崇尚自然和敢为人先、永不言败，开始以一种独立的人文景象为世人所知。

二、草原文化对世界文明的贡献

在中华文化的三大板块中，最具有世界性品格的，应该是北方草原文化。

1.草原文化是中华文明的重要组成部分。内蒙古自治区是草原文化和游牧文明的世界性发源地和集成地，也是"一体多元"中华文化组成的重要源流地之一。内蒙古大草原是北方游牧民族的故乡，在漫长的历史发展进程中，先后有东胡、匈奴、鲜卑、柔然、突厥、契丹、女真和蒙古族等十多个少数民族在这里繁衍生息，创造出了灿烂辉煌、特色鲜明的草原文化。

关于这个问题从理论到舆论界基本认识相同，在2005年5月27日召开的中央民族工作会议上，胡锦涛同志深刻指出：我国是各族人民共同缔造的统一的多民族国家，我国各族人民的大团结具有深厚的历史渊源和广泛的现实基础。在漫长的历史进程中，我国各族人民密切交往、相互依存、休戚与共，形成了中华民族多元一体的格局，共同推动了国家发展和社会进步。同时指出：各民族在历史发展中形成的传统、语言、文化、风俗习惯、心理认同等方面的差异，我们要充分尊重和理解……共同团结奋斗，就是要把全国各族人民的智慧和力量凝聚到全面建设小康社会上来，凝聚到建设中国特色社会主义上来，凝聚到实现中华民族的伟大复兴上来。

正如历史证明的一样，充满生机与激情活力的草原文化，使得中华文化不断丰富和发展；中华文化的丰富性和多样性，又为草原文化的发展和繁荣提供了资源保证和文化创新的持续的原动力。

2.在后成吉思汗时代，蒙古族先后在中亚和阿拉伯地区建立了察合台汗国、窝阔台汗国、伊儿汗国以及帖木儿王朝；在俄罗斯地区建立了钦察汗国（金帐汗国）；在印度和阿富汗地区建立了莫卧儿帝国……在这些国家和地区，随着社会进步、经济发展和文化建设，草原文化得到了发展。同时，草原文化也对这些国家和地区的文化和经济发展起到了积极的促进推动作用，并做出了历史性贡献。其中，泰姬陵等历史文化瑰宝就是见证。因此，站在全球的角度来观察、审视和定位，才能正确地研判草原文化的真正价值所在。

3.成吉思汗和他的子孙们所发动的军事行动,彻底打破了延续几百年的东西方文明交融的断层(这点涉及丝绸之路自唐代以后几乎完全中断的史实——唐朝败于正崛起的阿拉伯帝国),发生了强烈的撞击——史称"成吉思汗式的和平"。"将环绕禁苑的墙垣吹倒并将树木连根拔起的风暴,却将鲜花的种子从一个花园传播到另一个花园"(法国格鲁塞《草原帝国》),结果就是人

郭伟忠 摄

类历史社会发展趋向拐点的出现——东方的停滞和西方的振兴。欧洲的宗教改革、文艺复兴，包括之后发生划时代的工业革命，无不与这次巨大的撞击有关。西方著名学者李约瑟在其《中国科学技术史》中指出：欧洲在技术和工业方面超过中国的时间是公元1450年，西方所需的技术主要来源于中国和阿拉伯。中国的文明标志性成果——造纸和印刷术的"西渐"，恰恰是在这一时期发生的。成吉思汗正因为"缩短了地球"，被20世纪美

国的《华盛顿邮报》评为"千年风云第一人"。

4.人们所崇尚的、当代世界的主流文化——蔚蓝色的海洋文化是草原文化的延续。追寻人类文化和社会进程的脉络发现一个真实的历史世界,我们必须理性地探究历史发展的轨迹,这个轨迹就是潜藏在历史状态下的文化内蕴,也就是其精神内核。正是我们在前文中所阐释的一系列诸如开放、诚信、包容、给予、进取、健康、快乐、崇尚自然和敢为人先、永不言败的内核层决定了西方世界和东方世界迥异的社会发展进程,造成彼此相对独立的静如止水的农业文明和激情活泼的草原文明的两种生活状态。其中,草原文化的强势地位保证了历经冲击的西方延续了草原文化—商业文化—工业文化的发展轨迹,东方农业文化的强势地位决定了封建社会的高度发达。正如同草原游牧民族的强烈冲击一样,外部条件一旦成熟,其中所蕴藏着的活性生存因子就激烈地爆崩开来,社会的量能在16世纪开始集聚爆发,历史的质变——文艺复兴开始了。东西方近代发展的分水岭因此而成功出现,自由民主的人文精神重新登上历史的舞台,草原文化的生命内蕴得到了时间和空间的延续。

三、草原文化是内蒙古自治区得天独厚的宝贵的资源优势

内蒙古历史悠久、文化灿烂,地处蒙古高原中部,

面积一百一十八万平方公里，境内北部为莽莽高原，南部为丘陵平川，这里草原广阔、水草茂盛。自新石器时代北方草原文明的孕育，到夏商时期草原文明的雏形具备，到宋元时期的草原文明鼎盛，直到清代晚期草原文明的停滞衰退，几千年中，这里一直是草原民族活动、繁衍生息的重要地区。在漫长的历史发展中，形成了突厥语族、蒙古语族和通古斯语族等文化体系，以东胡、匈奴、鲜卑、突厥、契丹、女真和蒙古等民族次第承接、名声显赫，相继成为中国北方草原的主人，并以其智慧、勇敢、勤劳创造出了特有的草原文化。凭借其独特的生产和生活方式对中国乃至世界产生着重大影响，特别是为中华文明的兴繁演进起到了极大的推动作用。这种资源是内蒙古丰富物质资源的有效补充和社会发展的持续动力。

文化和经济相互融合、相互促进。现今时代，加快文化发展、建设民族文化大区，有效配置资源和各种生产要素，推进经济结构调整和经济增长方式转变，发展特色经济和优势产业，进一步把民族地区的资源优势转化为经济优势已经成为内蒙古党政、企业界的共识。

社会的进步依赖于经济的发展和文化的繁荣，文化的繁荣促进经济和社会的发展进步。内蒙古有着丰厚的历史文化资源和各种矿产等物质资源，这是我们长远发

郭伟忠 摄

展的宝藏，也是现在市场经济条件下，内蒙古企业得天独厚的发展优势。

继承是创新的基础，创新是积极的继承。"一个没有文化底蕴的民族，一个不能不断进行文化创新的民族，是很难发展起来的。"

文化产业是现今社会精神文明建设的新力量和经济发展的新高地。通过这次论坛，我们梳理了草原文化的发展脉络，探寻文化有效整合和创新发展的道路，并把这种理论上的资源优势在实践中加以利用，把潜在的文化资源转变成为卓然飞扬的现实的文化优势，这也就是

我们内蒙古企业界的商机。

论坛的举办，实际上充分体现了大家对于草原文化和内蒙古经济文化发展的热切的关注，传递出一个草原文化全球化研究和与经济、社会发展互动的新趋向、新信号和新课题。今后我们将定期通过举办这种形式的论坛不断地研讨、阐述。

2005年6月·呼和浩特市

（本文原为在首届草原文化百家论坛上的致辞）

首届草原文化百家论坛由内蒙古草原文化保护发展基金会主办，以"共梳草原文化脉络 共享草原文化荣耀 共创草原文化辉煌"为主题，于2005年6月25日至26日在内蒙古呼和浩特市举行。

站在未来的高度看历史

从空间维度看，山脉将巨大的欧亚草原由西向东分成三个部分：乌拉尔山以西是一部分，乌拉尔山到阿尔泰山、天山之间是一部分，阿尔泰山、天山以东到大兴安岭之间是一部分——这部分草原绵延在祖国的北方，被称为蒙古高原。

从时间的维度看，13世纪至今，这里近二分之一的蒙古族都是科尔沁蒙古族。成吉思汗称汗后，把全部土地和属民分给黄金家族成员和功臣时，他的弟弟哈萨尔分得今额尔古纳河、海拉尔河流域呼伦贝尔大草原、外兴安岭一带的广袤土地。"科尔沁"由军事机构的名称逐渐演变成哈萨尔后裔所属各部的泛称，形成了著名的科尔沁部。蒙古族历史上赫赫有名的嫩科尔沁、阿鲁科尔沁、四子部、茂明安、乌拉特及青海和硕特等部族均属科尔沁部分支,其中最著名的要数嫩科尔沁部。今天我们在此召开研讨会,为通辽建设科尔沁历史文化园梳理理论和文化的基础。

回归到标题,之所以说"站在未来的高度看历史",是我们把科尔沁文化中最顺应未来的、代表先进理念的价值观提炼出来,从而在此基础上梳理和丰富科尔沁文化的内涵,做到"给岁月以文明,而不是给文明以岁月"。

那么,未来是什么样的呢?我们相信,在中国共产党的领导下,未来的中国是一个富强、民主、文明、和谐、美丽的国家;未来的中国社会,是一个自由、平等、公正、法治的社会;未来的中国各族人民,无疑应该是爱国、敬业、诚信、友善的。今天,我希望再重点描述几种已经融入中华民族核心价值理念的精神。从小被我们的父母教诲、刻在世世代代草原人民骨血里的词,也是科尔沁精神的高度总结:担当。战争年代,面对敌人和困难时,科尔沁勇士勇往直前,冲锋陷阵,同时乐意把后背留给同伴,这是一种担当。英雄主义在和平年代应该理解为什么?最能代表的一个词,也是"担当"。

熟读《蒙古秘史》和《黄金史纲》,便不难找到科尔沁文化对中华文明的历史贡献。伟大的母亲诃额伦曾说,她不担心面对的困难有多么多,也不担心面对的敌人有多么强大,她只担心她的两个孩子,铁木真和哈萨尔反目成仇。哈萨尔射技高超,威震草原,就连成吉思汗也曾这样评价哈萨尔:"哈萨尔之射,别里古台之勇,皆我所藉以取天下也。"这是一种"担当"和"成全"。

明崇祯年间,五世达赖罗桑嘉措与四世班禅罗桑却吉,致信于格鲁派信徒甚众的卫拉特蒙古(明末清初,曾经在明朝西北称雄一时的瓦剌,逐渐分裂演变为准噶尔、和硕特、土尔扈特、杜尔伯特四部,并组成了"卫拉特联盟",清廷亦称之为"厄鲁特蒙古",其中和硕特一部,便是从东部科尔沁后裔迁徙而来),希望他们能够入藏"护法"。于是和硕特部首领固始汗(也是科尔沁部后裔)率领卫拉特联军进入青海、康巴地区直至日喀则,确立了格鲁派在西藏的地位,为维护藏传佛教和西藏的安定团结也做了很大贡献。清朝初期,科尔沁蒙古族和朝廷联姻,孝庄文皇后辅佐几代清王朝君主。清朝晚期,著名爱国将领僧格林沁,不畏列强,捍卫祖国统一。历史车轮滚滚向前,直到1947年我国第一个少数民族自治区在科尔沁地区成立。从这些角度不难提炼出,"团结""融合""顾全大局"也是科尔沁文化的核心内容。

综上所述,科尔沁的人具备英雄主义和顾全大局的精神,科尔沁区域是一个团结和融合的大文化圈。现在我们昂首走进新时代,即将打造的科尔沁历史文化园,应该把这些精神文化用影视手段、互联网手段等高新技术描绘和展现给全人类；同时用体验和互动的手法，让大家身临其境，站在未来看历史，和哈萨尔一比射箭的技术，品尝最美味的内蒙古味道，欣赏、试穿最美丽的内蒙古服饰，聆听最好听的内蒙古音乐，跳起最欢快的安代舞蹈。

总之，未来是我们努力的方向，是心中美好的向往。"未来已来"是一个唯心主义的逻辑错误，"未来必定是一代又一代人奋斗的目标"。未来的人类社会，是人类命运共同体，需要全人类的文化共同去构筑。未来"一带一路"沿线国家共同的文化基础，在那灿烂的星河中，科尔沁文化注定是绽放光芒的文化之一，这也是我们今天不断奋斗的目标和动力。

2020年4月·通辽市

（本文原为在第二十二届草原文化百家论坛上的致辞）

第二十二届草原文化百家论坛由内蒙古草原文化保护发展基金会主办，以"科尔沁历史文化的传承与弘扬"为主题，于2020年4月28日至29日在内蒙古通辽市举行，同时设有通辽主会场和北京、呼和浩特两个分会场。

让草原文化插上钱学森思想的翅膀

脚踏绿色九万里，仰望星空八百年

众所周知，早在20世纪80年代，钱学森先生就创建了知识密集型沙产业、草产业理论。他说，中国的绿色发展"必须服从世界趋势，走新技术革命的道路"，必须"转变关于西部沙漠的思维定式，看到沙漠上也有搞农业的有利条件。所以不仅是'治理'，更重要的是'开发'，将治理蕴含于开发之中"。沙产业、草产业就是"用科学技术经营管理沙漠"，通过高科技和大市场，达到"沙漠增绿、农牧民增收、企业增效的良性循环"。三十多年以来，在钱学森先生沙草产业理论的指导下，内蒙古自治区防沙治沙取得了明显进展。这是钱老为国

传承笔记

郭伟忠 摄

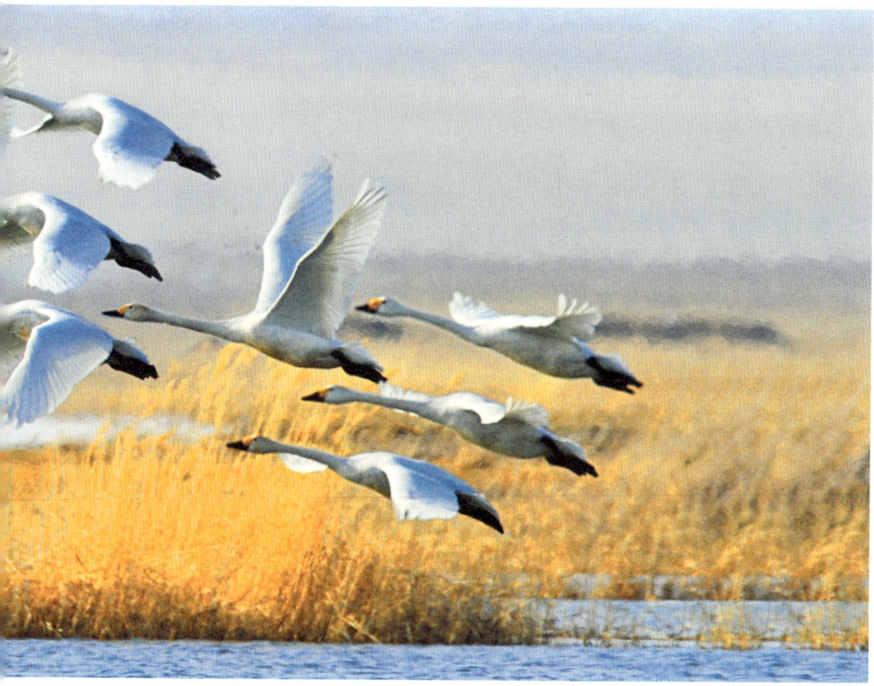

家"两弹一星"做出伟大贡献之后继续造福百姓的巨大贡献，用科学创新和绿色发展创造的福祉。

在座各位可能比较陌生的是，2015年在纪念人类历史上第一部成文宪法——英国《大宪章》签署八百周年的时候，有人提到了1206年成吉思汗建立大蒙古国时颁布的《大扎撒》并以之作为对比。当时，"保护草原"（草绿后严禁挖坑，严禁失火）和"保护水源"（不得在河流中洗手，不得溺于水中）就被写入了这部草原地区最高的法典。为了处理资源与经济协调发展的问题，采取了倒场放牧的游牧生产措施。每个牧户都有自己的夏营盘和冬营盘，一般在5月份左右迁往夏营盘，11月份前后再迁回冬营盘。这种倒场放牧措施，一方面可保障畜牧业经济的正常发展，另一方面也保障了草场生态环境的质量，避免了优质草种的退化和草场的盐碱化、沙漠化。同时，牧民们非常注重水资源：不许向水中投掷脏物，春、夏两季人们不可以白昼入水，不可以在河中洗手或用金银器皿汲水……这些规定主要是为了节约水资源，充分反映了他们对水的珍惜和爱护。

历史发展至今，这些根植在草原民族心中的绿色发展理念，使得欧亚草原地区的草原和河流得到保护。我们提倡的现代意义上的草原生态文明，是以草原为出发点建立起来的产业链，在保护草原生态的同时创造经济效益。这与钱学森先生创新思想和绿色发展的理论不谋而合，希望我们能继续传承优秀的草原文化，并用新的科学技术走上更快更好的发展之路，是之所谓"脚踏绿色九万里"。

更为巧妙的是"仰望星空八百年"。在中国共产党九十六岁生日、内蒙古自治区成立七十周年之际，我发表了题为《源泉》的演讲，提到了自成吉思汗时期起，历代曾在草原上仰望星空的人。德国哲学家黑格尔说过"一个民族有一群仰望星空的人，这个民族才有希望"，这是信仰的力量。钱学森先生却曾说"你在一个晴朗的夜晚，望着繁密的闪闪群星，有一种可望而不可即的失望吧。我们真的如此可怜吗？不，绝不！我们必须征服宇宙"，这是一种怎样的气魄和信心，又是一种怎样的信仰和力量？我们崇尚自然、尊重自然，同时在星空之下还要不断探索和发展。在收到今天的活动邀请之后，我重温了电影《钱学森》，当看到钱学森先生从壮年到暮年，不止一次站在沙漠中思考的身影时，我不禁潸然泪下。钱学森先生积极治学，投身科研工作，奉献祖国的一生是我们前进动力之源泉。

让草原文化插上钱学森思想的翅膀

回归今天的发言主题"让草原文化插上钱学森思想的翅膀",如果说创新和绿色发展是钱学森思想为我们插上的第一只翅膀,那么另一只翅膀则是钱学森先生留给我们最闪光的精神传承——"爱国"和"奉献"的思想。五年归国路,十年两弹成。描述钱学森先生的十个

郭伟忠 摄

字，看似简单，背后凝聚了一代人对于祖国航天科技事业的无悔奉献。

一百年前，俄国十月社会主义革命一声炮响，震动了世界，也照亮了中国革命的道路，从此新文化运动有了新的内容。两年以后，新文化运动中的部分进步青年参与了反帝反封建的五四运动；四年以后，陈独秀、毛泽东等一些青年成立了中国共产党；八年以后，乌兰夫等蒙古族青年赴苏联留学并相继加入了共产党。这之

后的一百年，便是中国翻天覆地的一百年。七十年前，1947年5月1日，内蒙古自治政府宣告成立。1949年10月1日，中华人民共和国成立。1955年10月1日，钱学森先生终于归国。曾经，在是否参与研发核武器的时候，与钱学森先生一同回国的中国近代力学的奠基人郭永怀先生是犹豫的，他不愿参与制造如此巨大的毁灭性武器。钱学森先生对他说："我曾经发誓，要用我的学识改变中国人的命运，你也说过。我一定要中国人拥有自己的原子弹和导弹。哪怕它的存在带来质疑和争论，但是我认为，这是对抗侵略的准备。手上没有剑和有剑不用，是有区别的。"正是他这样无私的爱国和奉献精神，感染了越来越多的科学工作者踏上这条艰苦的铸剑之路。经历了三年困难时期，1964年10月16日，中国第一颗原子弹爆炸成功。五十年前，1967年6月17日，中国第一颗氢弹空爆试验成功。1970年4月24日，中国第一颗人造卫星发射成功。中华民族在中国共产党的带领下，在来自学术界、艺术界、商界等社会各领域仁人志士的不断努力和无悔奉献之中，从此站起来了。

在我看来，钱学森先生一生最值得我们敬仰和学习的便是他的创新思想、绿色发展思想、爱国主义思想和奉献精神，这与今天在内蒙古自治区广袤大地上我们所保护、所提倡、所发扬的草原文化的精神不谋而合。当然，提到创新、绿色发展、爱国和奉献，科学技术是非常重要的手段，不断地去身体力行则是时代赋予我们每个草原儿女的责任。

翦伯赞先生在歌颂内蒙古时曾说："世界史是最伟大的诗人。我们在内蒙古地区看到了这个最伟大诗人的杰作。出现在这个杰作中的不是莺莺燕燕，而是万马奔腾，群鹰搏击。在世界文学的文库中，哪里能找到这样波澜壮阔、气势豪放的诗篇呢？"

感谢生养我们的家乡，感谢钱学森先生，感谢今天诸位的发言，我们相信草原文化插上钱学森思想的翅膀后，会飞得更加高远。壮我青春，荣我中华！

2017年8月·乌海市

（本文原为在第九期钱学森论坛上的演讲）

昂首阔步，走进新时代的春天里

　　明年是五四运动一百周年。百年前，一群有理想、有抱负的中国青年高举着"反帝、反封建"的旗帜，冲破黎明前的黑暗，开启了我国新民主主义革命的征程。

　　今年是改革开放四十周年。四十年前，从"实践是检验真理的唯一标准"大讨论开始，中国人民在伟大的中国共产党的带领下，不畏艰难，走出了一条有中国特色的社会主义康庄大道。

　　今年是我们内蒙古仕奇集团开始向文化产业转型的第二十个年头，在物欲横流裹挟下前行，选择这样一个产业，我们像并不开花的藤蔓，以翠绿的姿态展现自我。

　　以平等的姿态与萍水相逢的各个年龄段的人、各个行业的人对谈，学会欣赏每一个比自己强的人，并由衷地在实际行动中帮助和祝福他们。也因此，我们的企业、内蒙古草原文化保护发展基金会和我个人收获了最珍贵的财富，即最广的、最高端的人脉和最能施展企业和个人才华的平台，这一切源于从文化认同、文化自觉到文化自信，源于内心深处的那片草原，正所谓"万水千山踏遍，内心自信如初"。

我们已经进入了一个新时代。

"古人说：'事者，生于虑，成于务，失于傲。'伟大梦想不是等得来、喊得来的，而是拼出来、干出来的。我们现在所处的，是一个船到中流浪更急、人到半山路更陡的时候，是一个愈进愈难、愈进愈险而又不进则退、非进不可的时候。"这是习近平总书记在纪念改革开放四十周年大会上讲话中所讲到的，我想这也适合于我们的企业和在座的各位员工。

我们已经进入了一个新时代的春天。

我们每个企业、草原文化保护发展基金会的各项事业，包括每一个人都应该在新时代有一个奋斗的目标。持之以恒地努力，就会达到这些目标，哪怕最后没有达到，但总是在不断地接近，我认为不断地接近就是成功。

我们现在竞争激烈的职场和市场由两种海洋组成，

即红海和蓝海。所谓的红海就是大家都知道的事物、模式等，充满了竞赛和争夺，厮杀得血流成河，所以叫"红海"。所谓的蓝海就是大家还未熟知的领域，提示着我们差异化经营，需要努力寻找和开拓，神秘如浩瀚无垠的深海，所以叫"蓝海"。蔚蓝色的海洋文明是草原文明的延续，这是我们草原文化百家论坛的著名论断和科研成果之一。

我用大哲学家、大思想家康德的名句同大家在新的一年里共勉："既然我们已经踏上这条道路，那么，任何东西都不应妨碍我们沿着这条路走下去。"

2018年12月·呼和浩特市
（本文原为在内蒙古仕奇集团2018年年会上的讲话）

草原的思念
——致武汉的朋友们

寒风卷起漫天雪，
月色苍茫鉴我心。
温暖毡房难入梦，
疫侵荆楚有亲人。

2020年2月·呼和浩特市

战车和翅膀

我再一次插上了腾飞的翅膀
仿佛回到了八百年前古丝路上
走向大海的梦想
向着太阳飞翔

我踏上了那辆英雄的战车
仿佛听到我们故事被后人传唱
骑手的勇气和艰辛
伴着美丽的月光

石榴变红吧
萨日朗盛开吧
为明天歌唱吧
为明天歌唱吧

2020年2月·呼和浩特市
（歌曲为中植企业集团助力内蒙古自治区文化旅游产业发展而作）

战车和翅膀

葛 健 词
赵天华 曲

1=E 4/4

(5··555 5612|3--61|6·3223|5--)0.5|
　　　　　　　　　　　　　　　　　　　　　　　我

5333 2122 33|121·0 056|1111 161 616|
再一次插上了腾飞的　翅　膀　　仿佛　回到了八百年前古丝路

5-0 0.5|61·0 656|5··11 061|232·0 0.6|
上　　走　向　大海的梦　想　向着太阳　飞

2-0 0.5|5333 2·23 0.6|21·0 056|
翔　　我　踏上了那辆英雄的　战　车　仿佛

1161 11·11 6023|2--0.5|6·6 6·5 61 0.6|
听到我们故事被后人传　唱　　　骑手　的勇气　和

5··6 3 061|2321 16·061·|5--21|1-00|
艰　辛　伴着美丽的月光　月　光　月　光

355-31|6--0|611·35 5·|6611 5650 56|
啊哈　啊哈啊　　　　　石榴变红　吧　萨日朗盛开

6 3·3-|6·1 7 067|5 023 6 0·6|
吧　　啊哈啊啊　　啊嗬　为

322-061|111-0·6|322-061|1--0‖
明天歌唱　吧　为明天歌唱　吧

你当像一棵树

进入4月份，内蒙古仕奇集团及旗下各个所属公司都在总结2021年第一季度的工作，并以此为依据调整后三个季度的"战术"打法，特别是新成立的几家公司，一边在设定和完善企业的运营机制和管理模式，一边在为完成全年的业绩指标而努力着……

内蒙古旭日塔拉文化产业发展有限责任公司是今年开始独立运营的公司，以前都是代表内蒙古仕奇集团和内蒙古草原文化保护发展基金会在文化、影视领域运作及发展，第一季度公司上下齐心协力，不分昼夜做了大量的工作，包括公司运营团队的搭建，各职能部门的形成，一部电视剧、两部电影的后期制作，以及拟拍摄的影片和筹备的文化演出项目的前期准备，可谓紧张、有序、有成果。

今天参加会议的除了旭日塔拉公司团队以外，还有我们长期密切合作的专家和大师们，另外还有内蒙古仕奇集团、内蒙古草原文化保护发展基金会有关部门的领导和其他公司的负责人。参会人员如此之多，是因为：

郭伟忠 摄

首先，就目前旭日塔拉公司的发展状况，仅靠自己尚不能独立完成、做好一部简单的作品。

其次，让我们大家在一起紧密相连的纽带不仅仅是金钱，当然无论是拿钱的还是付钱的，是挣钱的还是花钱的，此时，可能大家已经猜到我想要说的是我们

还有心中的那片草原和净土，或理想和追求，但还不仅仅是这些。我觉得我们每次在一起的时候，无论是前期创作、头脑风暴、进组担任具体工作还是作品的后期制作，都时常闪耀着专业、职业和敬业的操守和坚持，这或许就是我们这个大家庭的"本色"，我常常怀念那些时刻。所以，思索良久，我把今天发言的题目定为《你当像一棵树》，既讲给大家，也讲给自己。

翻阅2020年美国畅销书《你当像鸟飞往你的山》时，我不由得思考，如果拿人生作比，我们也应该像鸟儿一样吗？还是像山？当时恰逢旭日塔拉公司很多同志在根河拍摄电影《海林都之燃情岁月》，脑海中最终想到的答案是——树。至于为什么是树，缘由稍后再表。

说回公司，旭日塔拉公司的目标和使命在今年之初就已经明确，就是梳理和传播草原文化。梳理面向的是祖国北方辽阔草原源远流长的历史。回首我们的来时路，近一个世纪这片热土翻天覆地的变化和其背后诸多可歌可泣的奋斗故事给予我们更大的前进力量，让我们能更好地走下去。传播则是面对广阔的国际市场上的各个年龄层的观众。这点我们一定有信心。因为2019年9月27日，习近平总书记在全国民族团结进步表彰大会上也曾讲过："我们伟大的精神是各民族共同培育的。在历史长河中，农耕文明的勤劳质朴、崇礼亲仁，草原文明的热烈奔放、勇猛刚健，海洋文明的海纳百川、敢拼会赢，源源不断注入中华民族的特质和禀赋，共同熔铸了以爱国主义为核心的伟大民族精神。"——我们的故事是伟大祖国和中华民族骨血的一部分，共同的认知毋庸置疑，爱让我们紧密相连。

尤其今年是中国共产党建党一百周年。回首这一百年，我不禁热血澎湃，党在内蒙古的革命事业也可谓荡气回肠。今年3月5日，习近平总书记在参加十三届全国人大四次会议内蒙古代表团审议时提到了"齐心协力建包钢""三千孤儿入内蒙"这些故事。我想，我们要用时代的眼光和视角将这些故事拍摄成影视作品，让更多的人感知并感恩，传播并传承这些人间大爱和正能量，因为可以说没有共产党就没有内蒙古的今天。

二十三年前我们拍摄了电视剧《成吉思汗》。十年前，我们开始筹备拍摄电视剧《忽必烈》并在北京和正蓝旗分别建设了两处影视基地，接下来我们还会拍摄更多相关题材的影视作品，比如《察必皇后》《天条》《图兰朵》《大融合》等。想要讲好这些故事，我们一定要不断加强共同体意识，要有大格局和全局观，要充分认识到我们选取拍摄的这些故事的众多主角们虽然可能大部分是来自本地区的少数民族，但也是整个中华民族乃至人类历史发展当中非常优秀的人物，是别的国家没有的

郭伟忠 摄

稀缺文化资源。这点至关重要，是我们做好工作、拍好作品的大前提。

"你当像一棵树"——我想说，如果森林是这个世界和时代的重要背景之一，古语有云"独木不成林"，那我们每个人都应该是森林里的一棵树，在自己所在的"森林"里彰显着群体的力量，一个民族更应如此。刚刚提到的这些即使时过境迁但仍有很大的现实意义并

且充满正能量的故事，值得我们付出心血和努力不断挖掘，用新视角解读其新时代的意义，并将它们铭刻在自己生命的年轮上，矗立在祖国这条向前发展、奔腾不息的大河的岸边。

然后，统一了思想，明确了任务和使命，回到公司运营层面。新组建的旭日塔拉公司有很多的亮点，有很大的发展空间，也是为年轻人搭建好的一个充分展示自己才华的舞台，是仕奇集团和基金会汇集知识、集中智慧、凝聚人才的平台，这也是我们仕奇集团董事会和仕奇集团党委的共识。

其中旭日塔拉公司文学创作部沿袭了仕奇集团和基金会的创作力量，可谓是旭日塔拉公司最强大的力量之一。如果能持续动员在座的各位老师甚至今天未能到场的更多有识之士，不断地收集、整理、创作、发展一大批有思想、有故事、有追求、有艺术高度的作品，使这些成果可供储备，自己拍摄或者联合拍摄，通过股份合作或者资本运作等方式进而形成更好的文化产品，是公司最基础的核心工作，也是旭日塔拉公司走出草原、走向大海、走向世界的前提和保证。制作管理部门、经营管理部门、市场营销部门、财务金融部门、行政法务部门、国际合作部门也都规划了它们各自未来的美好前景和努力方向，我和这些部门的年轻人一起畅想时很是心潮澎湃。犹记得十多年前第一次在好莱坞听说可以拿着票房的预售款去拍电影时，我那晚夜不能寐。当时我就在想，那得是多么好听的故事，多么成熟的剧组，多么值得信赖的制片人、导演、编剧、演员，多么准确科学的财务预算和市场分析啊！当时还有人说美国的文化产业服务市场非常发达，都有专业人士、专业公司做这些工作，我想那就要求更高了。这件事后来竟成为我一生中的梦想之一。

  但今天，我们如果共同认为"你当像一棵树"是正确的，上述旭日塔拉公司的发展理念也是大家内心深处的理想和认知时，我们离梦想的实现就不远了。从文化认同到文化自觉到文化自信，中国的文化影视行业能够屹立于世界的巅峰应该是中国梦的一部分。让我们共同祝愿旭日塔拉公司在第二个一百年到来时会成长为世界影视文化那片茂密森林中的一棵参天大树！

2021年4月·呼和浩特市

（本文原为在内蒙古旭日塔拉文化产业发展有限责任公司工作会议上的讲话）

"五星"内蒙古味道

一

公元前209年的某一天,在亚洲北部草原发生了改变人类历史进程的一件大事:匈奴武士冒顿暗杀了他的父亲,然后把北方草原相互敌对的部落统一起来,建立了一个武力强大的游牧帝国——匈奴帝国。他说服了牧民们,使他们相信,与其不断地你争我夺,不如携起手来转而向南再向南。

1271年,又有一位蒙古族青年告诉他的同胞们:我们用文治也可以征服天下。他做到了。他创建的大元王朝及其藩属国,用现在的GDP计算方法,当时元朝的生产总值占全世界的70%。更近代的更好听的故事在座

图图 摄

的可能知道得更多，但我要说的是：这一切都是过眼云烟，伴随着战争、伴随着朝代的更迭，是文化的碰撞和融合。

多少年过去之后的草原上，除了传统红白食之外还留下了蒙古包子、扁食、焙子、火烧、饸饹、拿糕、大黄酱、韭菜花。所以我们说草原文化的多元性和包容性，特别是北方游牧民族的博大胸怀造就了"内蒙古味道"的"五彩缤纷"，其为一星。

二

"理者，物之固然，事之所以然也"，这是习近平总书记从辩证唯物主义认识论的视角定义"发展理念"时所强调的，并进一步论述了"发展理念"是发展行动的先导，是管全局、管根本、管方向、管长远的东西，是发展思路、发展方向、发展着力点的集中体现。

"内蒙古味道"在内蒙古自治区整体的经济社会发展大局中，特别是结合供给侧结构性改革的伟大实践中，结合"创新、协调、绿色、开放、共享"的新理念实践过程中所能起到的不可替代的积极作用，其为二星。

"内蒙古味道"品牌发展峰会会场　图图　摄

三

"内蒙古味道"不仅仅是味觉，也不仅仅是人们通常说的"色、香、味"俱全的感观品味，它更应该是心灵的感悟，是爱的传递。

我有一位忘年交的老朋友，其品位、官位和学识颇高，每逢过年过节我都用很长时间绞尽脑汁、搜肠刮肚，回应他发来很多有学问的诗词、短文。他来到呼和浩特市，在内蒙古饭店用餐，晚宴快结束时，他说岁数大了，晚上就不吃主食了。服务员说："老领导您尝一口吧，这是额吉面。"他犹豫一下，然后一口、两口……直到把一碗面连面汤都喝完了，他抬起头对我说："太好吃了。"我忽然发现老者坚强、刚毅的眼中充满泪花。是什么触动了这位在我心目中像神一样的老者的泪腺呢？我想，这可能是因为"内蒙古味道"不仅是菜品本身的味道、心灵的感应，还是爱的味道，这其为三星。

四

"仪式感""品味的环境""服务"都是味道本身。

从2010年上海世博会当时的领导全体起立为诈马宴

传承笔记

图图 摄

鼓掌，到电视剧《忽必烈》封镜仪式诈马宴在北京1∶1复制的元大都宫殿的成功举办；从赏花品味各地活动现场，到香港维多利亚港湾上K11环岛的全景内蒙古味道食材的推介展馆，"内蒙古味道"越来越大气、越来越高级、越来越国际化。

曾记得，2011年4月21日的晚上8点，当时的格林尼治时间是中午，在英国南丁格尔皇家公园广场上聚集了全世界两千多名各界名流，如时任美国总统奥巴马、足球名将贝克汉姆等等。一驾白色的敞篷马车缓缓驰来，无比优雅、无比雍容华贵的英国女王伊丽莎白二世在林荫道上向来宾招手点头致意。大家聚集在这里是为了庆祝她八十五岁生日和任女王六十周年。"这是给吃甚呀？"坐在我旁边的一个带着浓重乡音的问话把周围人的注意力更加集中起来，全世界坐在电视机旁和现场的贵宾可能都在思考这个问题。这时，一个标准的伦敦音传来：This is an ice cream party, it was invented by the Mongolians in the Yuan Dynasty of China.（这是个冰激凌宴会，是中国元代的蒙古人发明的。）随后，几百名身着燕尾服的侍者一手托盘，一手背后出现在广场上。全场一片欢呼，我不知大家是在欢呼英国女王还是在欢呼冰激凌，但起码我的周围，大家都不由自主地起立为出现在这样一个世界大规模宴会上的美食而鼓掌欢呼。

文化自信来自文化自觉，文化自觉来自文化认同，"内蒙古味道"的草原文化认同，是其第四星。

五

伴随着中国共产党领导的改革开放的不断深入，中国人民的生活从温饱到小康再到绿色健康不断迈进。今年3月5日，习近平总书记在参加十三届全国人大四次会议内蒙古代表团审议时指示，探索出一条以生态优先、绿色发展为导向的高质量发展新路子。现在全区各

图图 摄

行各业各族人民都在为此奋斗。"内蒙古味道"一马当先，践行总书记的指示，遵循新的发展理念。深受市场喜欢的绿色发展观，是"内蒙古味道"的第五星。

"谈笑间，樯橹灰飞烟灭。"草原上，金戈铁马息宁，唯有美食留其名。

在我们跟着习近平总书记大踏步地走进新时代的同时，有铿锵有力的步伐，有诗，有远方，还应有"内蒙古味道"。

2019年5月·呼和浩特市
（本文原为在"内蒙古味道"品牌峰会上的致辞）

内蒙古味道

世上的路有千万条
回家的路啊一直忘不掉
世上的味道不知道有多少
家乡的味道魂牵梦绕

晚霞、炊烟、河边的青草
草原深处有会听故事的敖包
森林、戈壁、富饶的黑土地
辽阔大地孕育出特色的味道

成吉思汗的铁骑那样骄傲
忽必烈的身边有那么多幕僚
书写着人类壮美的历史
传承着英雄的味道

人生的路啊不再烦恼
心中常有阿妈的呼唤阿爸的微笑
人生的路啊健康快乐
陪伴你的是正青春的内蒙古味道

2020年5月·呼和浩特市

（歌曲为"内蒙古味道"而作）

内蒙古味道

葛 健 词
赵天华 曲

内蒙古味道 | 087

$\widehat{5\ 6\ 5}\ 5\ |\ 6\ 6\ \widehat{5}\ \widehat{2\ 3}\ |\ \dot{6}\ -\ |\ \widehat{6\ 5}\ 6\ \dot{1}\ |\ \widehat{5\ 6\ 5}\ 3\ |$
人　类　　　壮美的历　史　　　传　承着英　雄的

$3\ 2\ 5\ 5\ 1\ \underset{6}{6}\ |\ \overset{\text{|2.}}{1}\ -\ |\ 1\ 0\ \widehat{1\ 2}\ :\|\ \dot{1}\ -\ |\ 1\ 0\ \widehat{1\ 2}\ \|$
味　　　　道　　　　　啊　道　　　　　　啊 D.S.

[结束句]
$6\ 5\ 6\ 6\ \dot{1}\ |\ \dot{2}\ \dot{2}\ \widehat{\dot{3}\ \dot{2}}.\ \dot{2}\ |\ \dot{2}\ \dot{2}\ \dot{3}\ \widehat{3}\ \widehat{5}\ \widehat{6}\ \dot{1}\ |\ \dot{1}\ -\ |\ \dot{1}\ -\ \|$
陪伴 你的是 正青春的　内蒙　古味　道

内蒙古饭店小夜曲

疫情严重期间,全国驰援湖北,内蒙古的若干批白衣战士先集中在呼和浩特的内蒙古饭店,再奔赴武汉……

庚子年初的塞上

敕勒川上,黑水河畔,
冷冷寒风,沙沙作响。
街头寂寥,空空荡荡,
庚子开年,病毒猖狂。

你听,
没有喧嚣,
没有汽车的轰鸣声;
你看,
没有灯光,
没有过去城市的灯火通亮;
你再听,
一曲悠扬的牧歌从饭店向外飘荡;
你再看,
一双双逆行者的目光,
把饭店的大堂点亮。

雷火、方舱的召唤

荆楚大地，黄鹤故乡，
英雄辈出，何惧猖狂。
先修雷火，再建方舱，
军民齐心，驰援战场。

你听，
没有怨言，
他们来自草原的四面八方；
你看，
毫不犹豫，
步伐坚定，斗志昂扬；
你再听，
他们在一起彼此鼓励，
绝不让草原母亲失望；
你再看，
他们相拥在一起，
共同誓言不战胜疫情绝不返航。

不是天使、不是战士的他们

他们没有被称为天使,
但站在天使旁,
深情地注视着天使,
为他们拉着行李箱。

他们没有被称为战士,
但也穿着统一的服装,
知道战士们即将上战场,
为他们奉上奶茶和热汤。

在家,她们是贤良的母亲,是骄傲的女儿,
在饭店,她们是骨干力量;
在家,他们是慈爱的父亲,是优秀的儿子,
在饭店,他们是精兵强将;
他们和天使和战士一样,
共同构筑了我们民族的希望。

花店关门了,但鲜花还在盛开

庚子正月花店都关门了,
但鲜花还在盛开;
疫情袭来,娱乐停止了,
但牧歌依然荡漾。

我走出大堂,仰望着满天星斗,
都不如大堂内那一双双眼睛明亮。
我此时更深刻地懂得习近平总书记说的,
谁是我们党自信的源泉,
谁是我们战胜困难的力量。

再一次仰望星空,依然是深夜,
但我仿佛看到黎明的曙光。
一千多年前,吴越王曾经深情地说过:
"陌上花开,可缓缓归矣。"

献给一批批奔赴荆楚的白衣天使，
献给我们饭店的员工，
他们那深情的目光，
永远给社会和时代以正的能量。

2020年2月·呼和浩特市

温暖的家

遥望穹顶蓝天的故乡
姑娘的微笑春风一样
一路风尘满怀期望
迎面吹来草原的清香

忧伤在这里不再忧伤
幸福在这里大家分享
朋友在这里千杯不醉
亲人在这里情浓意长

祖先留下英雄的力量
孩子在沐浴草原的阳光
美妙的歌声千古传唱
真诚和祝愿地久天长

这里有悠扬的牧歌
这里有飘香的奶酒
这里有心中的渴望
这里是我温暖的家

2009年4月·呼和浩特市
（歌曲为内蒙古饭店而作）

温暖的家

葛　健　词
乌兰托嘎　曲

1=D 4/4
抒情 自豪地

5 6 3 2 3 5 - | 1 2 3 6 5 - | 1 5 5 6 3 2 - | 3 2 1 6 2 - |
遥望穹　顶　　蓝天的故乡　　姑娘的微笑　　春风一　样
忧伤在这　里　　不再忧　伤　　幸福在这里　　大家分　享
祖先留　下　　英雄的力量　　孩子在沐浴　　草原的阳光

5 6 5 2 3 - | 6 5 3 1 2 1 6 - | 6 6 5 3 2 1 2 - | 2/4 5 3 3 2 5 6 |
一路风　尘　　满怀期　望　　迎面吹来　　草原的清
朋友在这里　　千杯不　醉　　亲人在这里　　情浓意
美妙的歌声　　千古传　唱　　真诚和祝愿　　地久天

4/4 1 - - - | 3 5 5 3 1 - | 2 1 1 1 2 6 - | 6 1 6 3 2 - |
香　　　　　　这里有　　悠扬的牧歌　　这里有
长
长

1 6 6 3 6 2 - | 3 5 5 3 1 - | 2 1 1 1 2 6 - | 6 1 6 3 2 - |
飘香的奶酒　　这里有　　心中的渴望　　这里是我

3 5 2 5 6 1 - ‖ 6 1 6 3 2 - | 5 3 2 5 6 1 - ‖
温暖的家　　这里是我　　温暖的家

仰望星空的人

众所周知,美学是一个哲学的范畴。德国哲学家黑格尔曾经说过:"一个民族有一群仰望星空的人,这个民族才有希望。"我今天在这里简单阐述我对美的认识,以及这本《系统美学》给予我的启发和引领。

1977年,中国恢复了高考。我们这一代人的人生从此改变。相信今天在座的很多同志感同身受。高等教育的经历,让我们对美、美学、哲学、系统美学有了更为深刻的、世界化的学习和认识,我们学会了用客观的、辩证的、发展的眼光去看待这个世界的美。我们正在拍摄的八十集历史鸿篇巨制《忽必烈》,也希望把1200年朱熹去世以后宋朝一元论的哲学发展到后来,许衡、姚枢、窦默、刘秉忠从哲学、科学、建筑学等方面带给后

郭伟忠 摄

世的很多美的作品，一一动人地呈现出来。

　　乌杰同志这本《系统美学》，从西方美学、东方美学开始论述，到现在我们周围的自然美、艺术美、创造美、设计美的延伸和展开，对今天我们进行学术研究，发展文化业、旅游业、建造业乃至各行各业都有非常重要的指导意义。恰巧今天是父亲节，我希望把今天这篇演讲，送给我们尊敬的父亲——一位仰望星空的人——

乌杰同志。他在本书的最后写道:"美对人类社会像空气与水一样的须臾不可缺,美将统领世界所有事物,美将是真、善、美的世界与真、善、美的统一。"黑格尔也曾说过,"美具有引人向善的作用和力量"。

由衷地希望这本书能够像乌杰同志以往的诸多研究成果一样,指引我们成为和他一样仰望星空的人。

2017年6月·北京市
(本文原为在《系统美学》新书发布会上的致辞)

我是蒙古族人

我是哪里人？这个问题，每个人小时候家长都会告诉他，因为要写入学档案、工作档案，相伴一生。在我出生的那个年代中国正经历着经济困难时期，上海、江浙一带很多孤儿院无法维持。周恩来总理找到乌兰夫同志，三千孤儿的故事开始在华夏大地默默地、慢慢地流传。2006年12月21日是乌兰夫同志一百周年诞辰纪念日。那是一个非常寒冷的冬日，在呼和浩特乌兰夫纪念馆聚集了一百多位年过半百的老人。他们静静地坐在那里，没有烧香、烧纸，也没有煨桑。将近半个世纪过去了，他们和这位百岁老人讲述什么呢？他们填表时都写着蒙古族，可能没有一个是真的，难道仅仅是因为他们喝过蒙古族母亲的奶水吗？

一句话没有的沉默，也触动了我们的心灵和泪腺。

　　在若干年后的今天，在享受祖国改革开放成果近四十年的今天，在内蒙古自治区成立七十周年的今天，在钻研、践行、推动我所热爱的草原文化事业二十余载的今天，作为中华民族大家庭的一分子，我无比自豪地发表今天的演讲，以简述我做这份事业动力之源泉，表达我对做好《忽必烈》这部作品的决心，并希望将这份追求、这份荣光和热爱传递给在座的各位，在未来共同工作的这段时间，甚至是整个余生！

电视剧《忽必烈》剧照

一、我见到的蒙古族人

我和我的企业都生在内蒙古，长在内蒙古。记得大约十五年前，有一次我和我的老朋友深夜通话聊天，他提到自己身为一个蒙古族人不会讲蒙古语的遗憾，我不知如何安慰，便讲述了一下我自己：从每天早餐一家人必喝的奶茶加炒米，到定期改善生活吃的手把肉，从家庭聚会和朋友聚会时所欢唱的草原歌曲，再到我所做的毛料西服和草原文化主题酒店，不同的民族文化就这样点点滴滴渗透在我的生活和工作中，自然地交融到一起。聊着聊着，我们都发现彼此内心都深爱着家乡这片热土以及千百年来这片热土上传承的草原文化。

草原文化不仅是饮食文化、行为文化、宗教文化的总和，而且是在物质文化发展的基础上不断与其他文化相互交融、促进、提升的精神文化。我见到的蒙古族人以及身边很多其他民族的亲朋好友，身上都具备着草原文化这种"包容"的特性，小到生活的细枝末节，大到他们的性格和世界观。

我是蒙古族人，这里的"蒙古族人"不是一种自然的民族属性，而是一种精神属性。我所见到的蒙古族人，他们像一面镜子，让我从中看到另外的自己。

二、历史长河中的蒙古族人

斗转星移，时光飞逝。读史使人明智。我们再向前追溯中国北方少数民族的起源、发展，漫长的二十个一百年过去，夜空中闪亮、耀眼的那些星辰中定有一颗属于十二三世纪的成吉思汗。仰望历史星河，仍有许多问题我们没有找到完美的答案。

成吉思汗如何带领当时生产力和生产关系都极其落后的蒙古族迅速兴起？如何建立起地跨欧亚大陆的庞大军事集团？如何打通东西方通商的要道，加速东西方文明交汇，使得中国的四大发明影响欧洲的文艺复兴？他又是如何建立大蒙古国，并教导自己的子孙——这些王朝的接班人，去开疆拓土的同时要尊重不同的宗教、不同的民族，要妥善经营这个国家的？他的孙子忽必烈，站在巨人的肩膀上，如何领悟、传承、发扬这些可贵的精神品质？站在历史的风口浪尖，如何形成自己的政治集团和军事集团，用事实告诉世人，蒙古族人不仅能打天下，也能坐天下？

如今我们生活在一个更加耀眼和幸福的时代，历史长河中的蒙古族人留下的财富，正等待我们去挖掘，这是一种使命，也是一种责任。希望我们通过共同的努力去破解这些谜题，并将它们发扬光大，影响更多的人——为自己的梦想开疆拓土，勇往直前。

三、我爱蒙古族人

我爱蒙古族人，无论是我所认知的历史长河中的蒙古族人，还是现在我周围的蒙古族人，他们热爱自然、尊重生命。自古以来，每一次牧民带着羊群和马匹逐水草而居的迁徙，都是充分崇尚环境保护的行动。

我爱蒙古族人，无论是我所认知的历史长河中的蒙古族人，还是现在我周围的蒙古族人，他们热情开朗中不乏浪漫洒脱，多才多艺又不断学习。历史上，蒙古族人帖木儿的后裔在印度建立的封建专制王朝莫卧儿帝国，君主大多拥有深厚的艺术造诣，沙贾汗王就为纪念自己的爱妻辞掉王位，设计了奇迹般的完美的建筑、被称为世界第七大奇观的泰姬陵。

我爱蒙古族人，无论是我所认知的历史长河中的蒙古族人，还是现在我周围的蒙古族人，他们诚实勇敢、充满自信。习近平总书记提出的时代课题——坚持道路自信、理论自信、制度自信，最根本在于文化自信。正是由于我们对草原文化的生命力持有坚定的信心，所以我们更要对自身文化价值进行积极践行。

我爱蒙古族人，这份爱犹如醇香的马奶酒，散发出草原的芬芳。

电视剧《忽必烈》剧照

四、我是蒙古族人

莎士比亚在《暴风雨》里写道:"凡是过去,皆为序章。"

我是蒙古族人,不仅仅是一种呼应,更主要的是一种呼唤。今天是《忽必烈》剧组成立大会,我激动万分。希望我发自内心的这种呼唤,能感染在座的每一位在崇尚、敬畏这份事业的同时,站在蒙古族人的视角,看待历史长河中的蒙古族人,爱上蒙古族人,成为蒙古族人。

希望我们筹备了这么多年,倾注全部情感打造的这部作品，剧组所有主创人员，都能带着"我是蒙古族人"的情感，去编、去导、去演、去推广宣传……让全世界都来看看这片草原，看看这片草原上发生的事情，从而爱上这片草原。

我用另外一位我非常敬重的伟大领袖的两句诗词来结束今天的演讲：

电视剧《忽必烈》剧照

"雄关漫道真如铁,而今迈步从头越。""一万年太久,只争朝夕!"

2017年1月·北京乾元驿
(本文原为在电视剧《忽必烈》剧组成立大会上的演讲)

在新文化的春天里

初　心

从筹划到拍摄《忽必烈》这部电视剧，前后大约花了十年时间。若是追溯梦想的发生，大约是在二十年前。用心回顾拍摄的点滴，也许应该忍俊不禁，因为这是梦想集中实现的一年。也许应该心平气和，因为这只是通往梦想实现的路上其中的又一年。

如果说电视剧《成吉思汗》更多的是在解谜，那么《忽必烈》则有更多现实意义。八百多年前，忽必烈生长在一代天骄的传奇家庭，聆听着爷爷成吉思汗的教诲长大，从漠北到漠南，他除了面对新的感情、新的事业角色，还要面对"打天下"和"坐天下"的转换，面对政治和经济生活全新的变化，面对农耕文明和游牧文明的激烈碰撞——他主导建立的元朝，只是中国历史上一个短暂的朝代，但对他而言却是一个扑面而来的全新世界——毫无疑问，忽必烈很好地完成了这个挑战。

无论是生产方式还是生活方式，元朝都是一个兼容并包、多元创新的时代。在元朝，昔日南宋的都城杭州，没有遭到任何破坏反而得到了空前的发展，与上都、大都（今北京市）、泉州、广州等城市共同成为国际化大都市。在黄道婆的努力下，棉纺织技术实现全面革新，中国的棉纺织品从此成为出口大宗，直到西方工业革命时期才被西方机织布打败。元朝天文学家扎马剌丁自己制作了球状的地球仪，对中国传统的"天圆地方"观念进行了勇敢的否定。元朝天文学家和水利专家郭守敬制定的《授时历》，与现代测定的一个回归年相差仅仅二十六秒，比现在世界通用的公历早了三百年。元青花简约而不简单，蓝白交融，创造了独一无二的审美形式。以《窦娥冤》《西厢记》为代表的元曲，在唐诗宋词的基础上，亦开创了崭新的艺术形式。元朝时将纸币作为主要货币推行，中国历史上出现了纸币流通空前兴盛的时期。元朝时，通过海上"丝绸之路"进行经贸往来的国家和地区，由宋代的五十多个增加到一百四十多

电视剧《忽必烈》剧照

电视剧《忽必烈》剧照

个。海路到达非洲海岸,陆路往来直抵西欧。统一的环境为国际、地区间的交往创造了前所未有的便利条件,中西方文明成就第一次出现了全方位共享的局面,马可·波罗等人的著作对后来大航海时代的到来产生了至关重要的影响。

甚至有一种说法,13世纪的世界是蒙古族人的世界。因为欧亚大陆一半以上的土地都被成吉思汗及其子孙建立的王国纳入麾下。忽必烈在四十五岁时成了中国历史上一位统一全国的少数民族皇帝。他将怎样凝聚他的团队,进而带领他们治理如此一个泱泱大国呢?

秀才赵璧曾经问忽必烈:"何为天下?"

忽必烈答曰:"蒙古铁骑踏过的地方就是蒙古族人的天下。"

赵璧回道:"不对,天下是苍生。"

忽必烈思考一二说道:"先生说得对,是我答错了。"

百姓是水,统治者是舟,水能载舟,亦能覆舟。而后,忽必烈更是用实际行动证明了"得民心者得天下"这个道理,成为一代明君。

都说时代造就英雄,反观忽必烈波澜壮阔的一生,是盛元时期最好的缩影。孙中山将忽必烈与秦皇汉武、拿破仑比肩,称其为"千年之志者"。进而转念一想,盛世、梦想、变化和新世界,又与今时今日何其相似!

感　恩

在新文化的春天里，说的不仅是元朝，更多的是现在。

八个世纪过去了，科学与技术的发展使得世界更加开放，文明的范畴已延伸到宇宙。我们所处的信息时代，每时每刻都带来更多令人应接不暇的冲击和变化，仿佛置身一个新世界。然而，最值得感恩的是，国家以更加强大的力量和包容开放的心态，给予每个人足以实现梦想的土壤和养分。

当然，电视剧《忽必烈》之所以能够顺利拍摄，还要感恩一路走来的所有不断支持和助力我们实现梦想的朋友们。在这样的时代，十年时间对于完成一部电视剧来说，是一个非常漫长的过程。然而无论遇到多少困难，经历多少曲折，大家对于草原文化的传承和发展，以及促进民族团结所做的所有努力和帮助，令我们感动，也让我们备受鼓舞。希望这部凝结了梦想、心血、期望和情怀的作品会让大家满意。

马可·波罗说："忽必烈是有史以来从未见过的强大君主。"至于这位强大君主是如何面对新世界，打造

电视剧《忽必烈》剧照

电视剧《忽必烈》剧照

实现梦想的土壤，同时在这片土壤上坚守梦想，蓬勃生长，缔造空前盛世，这个问题留给大家到电视剧《忽必烈》里去细细品味。前边抛出的问题，剧里仅提供隐藏线索，而非标准答案。因为以古观今，每个人才是自己故事的主角。如果能对观众有一些触动和启发，则是我们最乐见和感恩的事。

前　行

这是最好的时代，

这是智慧的时代，

这是信仰的时期，

这是光明的季节，

这是希望之春……

面临日新月异的新世界，我们愿意坚持，坚持心底的信仰和梦想；我们愿意改变，改变自己曾经或许狭隘的世界观；我们愿意传承，传承祖辈留下的智慧、勇气和正能量；我们愿意发展，敢于创新，敢于担当。

从《传承》到《元上都——马可·波罗以及欧洲对东方的发现》，从《传说》到《大哉乾元》，从《心之恋》到《梦之都》，从《成吉思汗》到《忽必烈》……我们一起，不忘初心，满怀感恩，砥砺前行。

电视剧《忽必烈》剧照

谨以这十年的工作成果献给大家。

未来十年,还有更多好听好看可读可感的故事,我们整装以期。

2017年2月·北京乾元驿
(本文原为在电视剧《忽必烈》开机仪式上的致辞)

电视剧《忽必烈》剧照

如果你也和我一样

牺牲与奉献

前一段时间我在电视上看到一段采访,一位战斗机飞行员说,我最大的遗憾,就是只能为祖国牺牲一次。寥寥数语所蕴含的壮怀激烈的豪情,给了我非常大的震撼。在这个节奏很快的时代,在频繁更迭的热点之中,究竟什么能带给我们持久的感动?什么能够牢牢占据我们的记忆?这是一个值得深思的问题。

七个月前,寒冷的2月末,也是在这里,我们举行了电视剧《忽必烈》的开机仪式;一年前的今天,剧组还在如火如荼地征集演员;六年前的今天,电视剧的第一版剧本，正在推进，后来在大家的共同努力之下，剧本共修改提升了八次，一百六十多万字的心血凝结；十年前，在内蒙古草原文化保护发展基金会创立之初，我们就立志于要延续电视剧《成吉思汗》的创作，除了书籍、报纸、论坛、音乐剧等作品之外，以电视连续剧的形式对草原文化进行梳理、传承、保护与发展，拍摄电视剧《忽必烈》以及系列电影，让更多鲜明的、美好的、丰富动人的、有血有肉的蒙古族人形象，走进更多人的内心。

电视剧《忽必烈》剧照

电视剧《忽必烈》剧照

　　十年时间，放之于整个百年的人生，仅是片段。但是如果十年光阴都致力于一件事——为草原文化、为我们追求的事业、为我们所挚爱的国家不断奉献，坚持不懈，也应该是一件值得感动和铭记的事。牺牲只是瞬间的一次壮举，但它来源于点滴奉献精神的累积。任何一个伟大须臾的背后，一定有持续信念支撑的不朽。

　　感谢这十年中，所有的相伴、奉献、坚持和不放弃。如果你也和我一样，今天，值得我们为过去的十年，为自己鼓掌。

不安与自信

在过去的十年，很多人都会问我，这样坚持不懈地追求与奉献，除了不断放大的目标，除了收入和阅历的递增，除了刚刚提到的感动与回忆，我们还能收获和沉淀什么？

我举一个例子。人生好比是一个圆，当我们还年轻的时候，这个圆很小，可能就是一个点，圆周接触的外面的世界也是有限的。可是当我们逐渐成长，丰富了人

电视剧《忽必烈》剧照

生的内容，这个圆随之越变越大，圆周接触的外面的世界也越来越大，无知与不安的感觉也会逐渐强烈。同理，在我们刚开始接触草原文化的时候，当我们筹拍第一部连续剧的时候，我们无知无畏，仅凭着信念的力量和年轻的冲劲儿不断努力，达成目标；可当我们坚持了这十年，拍出了第二部电视剧，在短暂的喜悦之后，会涌现出更多的不安——我们要如何把这部剧、把其中蕴含的草原文化传播推广出去？我们要在下一个十年做什么，去延续这份坚持与奉献？我们如何能做得更好，在爱国和奉献的同时，去不断钻研和创新？

没错，能收获的，是更多的不安。但能收获的，不仅仅是更多的不安，还有一份沉淀于内心的，任何人拿不走的，自己走出来的自信。

昨天在杀青宴上，年轻的蒙古族演员苏日雅哽咽了。他作为忽必烈的扮演者，在拍摄这部剧的过程中应该有不少专业技能的提升，有不少经验和资源的积累，但我想，对他未来人生更重要的，是每一个镜头的背后，用心准备与辛勤付出所迈出的每一步，是累积而成的那份自信。习近平总书记说："我们要坚持道路自信、理论自信、制度自信，最根本的还有一个文化自信。"文化自信是无法仅靠学习历史、研读材料而获得的，它需要脚踏实地地去践行。作为蒙古族青年，参与电视剧

《忽必烈》的拍摄可以提升他们对于草原文化的这份文化自信；我们德高望重的黄健中导演，通过拍摄这部连续剧，更加有民族情怀和艺术创作的自信；对于我来说，在剧组成立仪式上演讲的《我是蒙古族人》，也绝不是哗众取宠，那是我内心的声音，它是真情流露，源于多年来我们大家为草原文化执着的付出和与日俱增的自信心。相信在座的每一位也是这样。

具有正能量的文化能够感染人、影响人，引发人们自觉地去传播、去传承，草原文化是其中之一。如果你也和我一样，请继续怀揣这份自信，并用脚踏实地的付出，不断去沉淀、去夯实这份自信。继续向前！

继往与开来

前边回顾和总结了一些过去的工作和感悟，之后谈一点未来。

内蒙古草原文化保护发展基金会除了继续影视剧的后续工作之外，有一部分同事近期要转战到额济纳的胡杨林，组织进行实景音乐剧《阿拉腾·陶来》第八年的演出；同时新的音乐剧《石榴红了》的制作也紧锣密鼓地开始推进了。它将在国家级特色小镇——鄂尔多斯鄂托克前旗城川镇落地开花。对于这部新的音乐剧，更多

电视剧《忽必烈》剧照

细节今天在此我不多说，只想说一点，石榴这种水果之所以能获得人们如此多的喜爱，完全归功于每一粒石榴的抱团精神。没有人愿意一颗一颗地去欣赏或品尝石榴，当石榴聚粒成群，就色香味俱全了。展望未来，我们一定有更多的山要爬，有更多的困难要克服，有更多的挑战要共同面对。希望大家能向石榴学习，更加团结，凝聚力量，继续向前！

总之，今天的发言，没有引经据典，只有些朴实的心里话。它是感谢，更是邀约。

如果你也和我一样，有些感慨而不得不继续快步前行，有满腔热情付诸实践积累出的更多不安和文化自信，有过去共同走过的半年、一年、十年、二十年、前半生，那我此时此刻，在2017年9月26日，在北京乾元驿，真诚地邀请你，与草原文化，与坚持和付出，与更好的我们，相约下一个十年。

2017年9月·北京乾元驿

（本文原为在电视剧《忽必烈》封镜仪式上的发言）

再现大元王朝的辉煌
——致电视剧《忽必烈》剧组后期的工作者

长篇历史剧《忽必烈》经历长达十年的构思、学术研讨、剧本编写和修改，经过三年多的筹备和拍摄工作，在大家的不懈努力下，2017年12月完成了全部拍摄，正在进行音视频后期工作。

我们怀着对蒙古族历史文化的崇敬，本着再现13世纪大元王朝的辉煌，通过展现忽必烈"大有为于天下"为己任的波澜壮阔的一生，讲述忽必烈为我们多民族统一国家这一段历史的贡献，我们以这样的初衷和定位创作了这部历史正剧。

忽必烈是杰出的蒙古族政治家、军事家，他所建立的大元王朝结束了自五代十国以来宋、辽、夏、金、蒙古几个政权的争战局面，将吐蕃、云南等边疆地区纳

电视剧《忽必烈》剧照

再现大元王朝的辉煌

入我国中央政治版图，实现了中国历史上空前的大一统，建立了中华民族真正意义上的多民族国家。他在位三十四年（1260—1294年），顺应历史发展的趋势，接受了当时中原地区的封建政治制度和思想文化。文治并尊源远流长的农耕文明和草原文明，兼收并蓄，相互依存，相互信任，对中华民族融合、社会发展进步发挥了积极作用。

"从瞬间到永恒，从方寸到寰宇，每一个人物的生命故事都提供了百科全书般的可能性。"忽必烈出生在1215年，是中国历史上战乱不断、纷争不息的时期。当时，北方有金朝、西夏、蒙古；南方有宋朝；西南有大理和吐蕃；东边有高丽；西边有强大的花剌子模。经过蒙古几任大汗几十年的努力，当1260年忽必烈称汗时，除了南边的宋朝以外，其他地区都已臣服。1276年，宋朝皇帝投降后，忽必烈完成了中华大一统。在这漫长而充满挑战的历史中，忽必烈经历了多少？他的经历又告诉我们什么？对现实有何意义？在这众多可能性中如何选择？怎样架构？如何展示忽必烈整个人生？

首先，我们搜集、阅读、整理、探讨有关忽必烈的历史书籍，从而把握忽必烈辉煌一生的主线脉络。我们力求忠实历史，对重要历史人物、大事件等的表现严格尊重史实记载，对剧情发展需要的故事编写力求符合该历史时期社会政治、经济文化、生活习俗等，尊重民风民俗，尊重不同民族观众的情感，尊重各宗教流派的教义与习惯。这些是我们筹备花费精力最大、准备时间最长的工作。然后，我们组织召开三次主题论坛，全方位、多角度深入研究忽必烈时期的政治、经济、军事、文化等。论坛得到了内蒙古自治区党委、政府的大力支持，得到了中国元史研究会、中国社会科学院、北京大学、复旦大学、南开大学、云南大学、西南大学、中国

电视剧《忽必烈》剧照

藏学研究中心、内蒙古大学、内蒙古师范大学、内蒙古行政学院、内蒙古社会科学院等多家科研机构及相关学府的大力支持和积极参与。来自蒙古国、英国、美国、日本、韩国、中国台湾等国家和地区的二百多名草原文化研究领域，尤其是对忽必烈和元代政治、经济、文化、宗教等方面有相当造诣的研究专家学者与会。论坛也邀请到了多名好莱坞知名制片、编剧、音乐制作人，为内蒙古草原文化保护发展基金会筹拍的电视剧《忽必烈》和好莱坞合拍大片《成吉思汗》等影视作品的创作提供进一步的理论基础和可供选择的素材。在汇集文献资料和专题论坛的理论支持的同时，我们也着手构思、编写剧本，并反复不断地修改，剧本八易其稿。

习近平总书记在文艺工作座谈会上指出，一部好的作品，应该是把社会效益放在首位，同时也应该是社会效益和经济效益相统一的作品。在全国电视剧工作会议上，中宣部领导提出我国电视剧事业要把握正确导向，突出主流价值引领，正确把握历史题材创作，不断提高电视剧的思想高度和精神境界。

党的十九大报告揭示了社会主要矛盾发生的深刻变化。站在新的历史起点上，电视剧应体现出进入新时代后更加积极向上的价值观和思想内涵，更加彰显中华优秀传统文化的自信，更加包容世界优秀文明的胸怀，更加强烈的观众认同感。

为拍摄好这部电视剧，我们做了大量外景地选址的工作，最终在正蓝旗搭建1∶1复制的开平王城、金莲川幕府、蒙古老营；在北京乾元驿搭建了较大体量蒙元历史时期的宫殿大帐等建筑；制作了三万七千多件道具、一万多件服装。经过二百多天起五更、睡半夜的辛勤付出，顺利完成了这部剧的拍摄工作。历经十年，怀着对蒙古历史文化的崇敬，以认真求实、客观科学的态度搜集文献著作、咨询专家学者，致力于为观众呈现一部史诗正剧。

2018年，正值中国改革开放四十周年。在这四十年里，党和政府，以及生活在这片土地上的各民族人民传承着优秀中华传统文化，保护着这种文化的多样性。内蒙古草原的各族人民在普遍接受以汉文化为主体教育的过程中，以拳拳赤子之心，始终坚持对各民族文化的理解、尊重和融合。走进新时代的今天，你会发现，越来越多的人对草原文化产生兴趣进而有了发自内心的文化认同，也正是这样的文化认同，让草原儿女由心而生发出许许多多的共同愿景和期盼，也正是这样的愿景和期盼，让汉族、蒙古族及其他少数民族紧紧团结在了一起，我以自己成为其中的一员而感到骄傲。作为一个三十多年党龄的老党员，在跟随着习近平总书记走进新时代的伟大时刻，我试想着用镜头穿越回距今约八百年前成吉思汗和忽必烈的那段历史。其实，蒙古族是一个典型的学习型民族，成吉思汗、忽必烈是典型的学习型组织的创建者、领导者。他们带领着蒙古族人走出草原，走向大海，走向世界的自信和勇敢；他们面对新世界的信念和执着；他们用敢于担当的勇气开始的一个又一个伟大实践，这些历史的记忆是值得现在的我们借鉴或思考的。

电视剧《忽必烈》剧照

回顾拍摄电视剧《成吉思汗》和筹拍电视剧《忽必烈》的这十余载，我们想尽量全面客观地去表现这段有争议、有冲突、有性格的风雨历史，希望让更多人能够了解这个民族，了解这段历史。在这个过程中，我所经历的酸甜苦辣、流言蜚语、捉襟见肘及敬畏不安等恍如昨日。在这个过程中，我也得到了许多领导和社会各界热爱草原文化人士和企业的无私、大力支持。这些过往，时常让我万分感动，也感慨万千。也正是经历了这样的修炼，我对这个民族、这段历史有了更深刻的理解和认识，更加热爱草原文化，更加热爱我所从事的这份事业，你们的支持更让我义无反顾，坚定地走下去。

在电视剧《忽必烈》的开机仪式上，我做了《在新文化的春天里》的演讲，总结了十余年来的努力、自信和文化情怀，以及对未来的展望。希望通过我们的努力，能够让越来越多的人聚焦于电视剧《忽必烈》，去共同了解这个民族、这段历史，认识这个伟大的历史人物。当走进这种草原文化的历史深处，一定会油然而生出一种爱，这种爱也会使得越来越多的人走进草原，共同讲述更多这样的好故事，创作出更多新作品。

内蒙古草原文化保护发展基金会坚持弘扬正能量，致力于优秀民族文化的传承与发展，希望为大家呈现一部正能量的影视剧作品,通过生动、好看的故事讲述蒙古民族中那份真善美,以及它在人类历史社会进程中,对中华文明和世界文明的贡献。

2017年12月·呼和浩特市

大哉乾元

走出我眷恋的大草原
山川大海壮美无边
策马天涯舞动风云
家国百姓装在心间回传

走到我梦中的金莲川
仰望星空思绪无限
气节信念座座山峰
盛世伟业世界相间回传

啊,忽必烈汗
草原大海蓝天
啊,忽必烈汗
大哉乾元

2016年12月·呼和浩特市
(歌曲为电视剧《忽必烈》而作)

大哉乾元

1=G 4/4
Andante ♩=60

葛 健 词
色·恩克巴雅尔 曲

(5 6) ‖: 4/4 3 - 0 3 3 1 1 | 2/4 2 1 6 | 4/4 1 - - 6 1 | 2 2 2 - 2 1 |
走出 我眷恋的 大草原 山川大海 壮美
到 我梦中的 金莲川 仰望星空 思绪

2/4 3. 2 1 | 4/4 2 - - 3 5 | 5 5 3 6 5 3 1 | 6 - - 5 6 |
无 边 策马天涯 舞动风云 家国
无 限 气节信念 座座山峰 盛世

5/4 1 2 3 - 2 2 1 6 | 4/4 1 - - 5 6 :‖ 1 - - 3 5 | 6 - - 1 1 6 |
百姓 装在心 间 回 传 啊 忽必烈
伟业 世界 相

5 - - 3 5 | 6 6 1 6 5 3 2 | 2 3. 3 - 6 1 | 2 - 5 5 5 3 2 |
汗 草原大海 蓝 天 啊 忽必烈

2/4 3 - | 4/4 2 2 3 6 5 6 5 3 | 5 - - 3 5 | 6 6 1 2 1 6 |
汗 大哉乾 元 大哉乾

1 - - - | 2/4 2 2 1 1 | 4/4 1 - - - | 1 0 0 0 0 ‖
元 忽必烈 汗

道行之而成，物谓之而然
——庚子新春祝愿

"道行之而成，物谓之而然。"这句话出自《庄子·齐物论》，意思是：道路是由人走出来的，事物是因为人们如此称呼而形成的。

今天，站在己亥和庚子之交，我用这个题目来展望内蒙古影视行业发展，是因为虽然人们常说"万事开头难"，然而我认为坚持更难。"不积跬步，无以至千里；不积小流，无以成江海。"既然我们二十年前就选择走上了内蒙古影视这条道路，就要一直坚定不移地走下去。

即将过去的2019年，众所周知，我们内蒙古仕奇集团和内蒙古草原文化保护发展基金会完成了电视剧《忽必烈》和电影《海林都》（蒙古语，"爱之歌"的意思）

两部作品。最近一段时间,集团很多同事都在忙于《海林都》的全国巡演和宣传,北京、上海、海南、宁夏、深圳、长春、西安……截止到刚刚,这部用蒙古语拍摄、放映的电影已经取得了四千多万元的票房,所到之处饱受观众好评。作为出品团队,我们从最初"交卷"的惴惴不安,到看到大家观影时不止一次地感动落泪,再到收到来自全国各地的令人动容的影评。我们想,这部作品的成功,除了好的故事、好的影像和好的主创团队之外,其中的音乐、草原上奔腾的马匹和听歌流泪的骆驼,以及它们所共同展现的人间大爱,都是必不可少的元素。上海内蒙古商会宣传部在发来的影评中这样写道:

电影《海林都》剧照

影片《海林都》中关于音乐的细节表达,让我们看到了蒙古音乐中的果敢、豪迈、沉稳、大气,让我们感受到蒙古音乐里的山高水长、悠扬不羁。乌兰牧骑的音乐舞蹈是蒙古族文化的主旋律,苏尼特右旗乌兰牧骑之歌唱响草原大地,《海林都》里一曲曲原创音乐《额吉》《圣山情歌》听得我们如痴如醉,如梦如幻,影片里那些或婉转悠扬犹如母亲呢喃倾诉,或大气豪迈宛若骏马驰骋的曲调啊,真真是让人笑了、哭了、爱了、醉了……当肆虐的风沙将要吞没阿柔娜和她的女儿,飞也似的跑出视线的马儿叫来了马群,马群将阿柔娜和她的女儿团团围住,宛若一道阻挡风沙的屏障,那一刻,马对于蒙古族人民的意义得到了升华;草原上的牛羊啊,骆驼啊,宛若"奶娘",在那个特殊的时期,正因为有了这些长生天馈赠的精灵,乌兰夫主席才可以向总理拍着胸脯说:养一个,活一个,壮一个……因此啊,远离故乡的游子们,总是牵挂毡房前絮团般的乳羔是否长大了一点,河谷里欢跳的马驹可曾长高了一些,北归的大雁是否递来了我们的思念……因为有了这些精灵,从此思念有了可以描述的模样。

电影《海林都》剧照

　　由此，我们从《海林都》这部作品延展思考，认为内蒙古影视未来发展有四大核心优势。

　　首先，拥有绝对的题材优势。自内蒙古草原文化保护发展基金会成立之初，就以"梳理、传承、保护、发展"草原文化为宗旨，二十多年来，历史上众多好的题材、动人的情节不断被挖掘，而时至今日每年仍有很多精彩的故事在不断涌现。从最早汉代张骞出使西域，到以成吉思汗和忽必烈为代表的蒙古族英雄涌现，再到近代在党的领导下蒙古骑兵为解放内蒙古成立自治区打响的战役，最后到当代改革开放洪流中我们在祖国边疆进行的任务艰巨的生态治理工作……我们有太多太多的美好故事可以诉说。而且这些题材不仅为全世界瞩目，拥有国际化的受众，还个个都充满了正能量。内蒙古影视要发展，一定要像习近平总书记讲的那样，向世界讲好中国故事。我们相信，这些千百年来发生在祖国北方森林、草原、湖泊、戈壁、沙漠上的奋斗的、坚守的、爱的故事，也是中华优秀文化的故事、中国道路的故事、中国梦的故事、中国和平发展的故事的重要章节。

实景音乐剧《阿拉腾·陶来》剧照

实景音乐剧《阿拉腾·陶来》由内蒙古草原文化保护发展基金会、内蒙古阿拉善盟盟委行署和内蒙古阿拉善盟额济纳旗旗委、政府联合出品。以额济纳的千年胡杨林为舞台，讲述了额济纳地区的发展历程和动人故事。

其次，我们拥有展现这些故事的各种绝佳元素。风光毋庸多言，西有长河落日、大漠孤烟；东有郁郁葱葱、茫茫雪原；中有黄河几字弯、河套良田万顷，敕勒川草场映阴山，还有丰富浓厚的音乐、美轮美奂的特色服装、不可忽视的内蒙古味道特色美食，以及与我们世代相伴、生产、生活在一起的有情有义的动物们，这些都能够成为内蒙古影视作品的主角。

音乐剧《石榴红了》剧照

音乐剧《石榴红了》由内蒙古草原文化保护发展基金会、内蒙古鄂托克前旗乌兰牧骑联合出品。以"石榴红了"作为故事主线，寓意各族人民团结互助，就像石榴籽一样紧紧抱在一起，并展现了延安民族学院对民族革命成功做出的巨大贡献。

再次，我们有我们自己的坚持。正如开篇所讲的那样："道行之而成，物谓之而然。"既然二十多年前，内蒙古仕奇集团和内蒙古草原文化保护发展基金会作为两支有所交叉的社会力量，从筹拍《成吉思汗》的时候就肩负起了发展内蒙古影视、树立内蒙古影视品牌旗帜的使命，我们会不断进行自我学习和提升，一直坚持努力走下去。当然这一路并不总是一帆风顺，甚至说有非常

音乐剧《梦之都》剧照

音乐剧《梦之都》由内蒙古草原文化保护发展基金会、正蓝旗人民政府合作出品。该音乐剧紧紧围绕忽必烈其人其事，并与电视剧《忽必烈》一脉相承，生动再现了元初辉煌的历史、文化。

多的艰难，比如曾经的《成吉思汗》被审查了六年，现在电视剧《忽必烈》也被审查了将近一年的时间。有很多朋友经常问我原因，我答："审查时间长是非常可以理解的，因为我们的片子是大型历史连续剧，其中内涵信息量大、知识点丰富、教育意义深远，需要慢慢品鉴。不过我们相信，只要通过审查，一经出品，必然会成为一部教科书级别的经典作品。"当然也要感谢在座同事一路以来一直在一起的这份付出与坚持。

　　最后，内蒙古影视未来发展的一个核心优势，就是拥有今天到场的诸位专家以及很多没能到场的专家和老师们，还有很多青年朋友、当代大学生，加之我们大家的齐心协力。千人同心，则得千人之力；止如丘山，发如风雨。相信我们众志成城，团结一切可以团结的力量，一定可以在即将到来的2020年，以及建党一百周年之际，为祖国母亲奉上若干份漂亮的作品和优异的答卷。

2019年12月·呼和浩特市

I am John

如果你问我,草原上的青草为何这样繁盛?

我会告诉你,因为每一个破土而出的草尖,都指向一颗繁星。

浩如星空的草原文化,给了这片大地永恒的生机。

二十一年前,在锡林河畔,电视剧《成吉思汗》的开机仪式上,我曾说:永远飘扬在心中的旗帜。

两年前,在北京乾元驿,电视剧《忽必烈》剧组成立大会上,我曾说:我是蒙古族人。

在电视剧《忽必烈》、电影《闪电烈马》的开机仪式上,我曾说:在新文化的春天里。

今天,在这里我想说:I am John——我是约翰。

写给关心热爱并有可能共同参与创作和投资的人

们。因为它有可能成为一个世界电影的合作典范。

内蒙古草原文化保护发展基金会的宗旨是梳理、传承、保护、发展草原文化。当我们面对浩如星空的草原文化时，如何解读成吉思汗这颗遥远神秘、无比闪亮的星辰，已经成为一个世界性的话题。

浩瀚的宇宙在飞速膨胀，耀眼的星辰却未曾疏离，沿着各自轨道运行着的星辰，总会在某个特定的时间点相向而行，如同有趣的灵魂，总会迎着浩渺的人流相遇。

时光穿越八百年，东西方历史在这里交融。

由我和凯斯·美林先生共同创作的电影剧本《天条》，以英国人John的视角，讲述了他所信奉的《自由大宪章》和由成吉思汗组织编定的当时草原民族所信奉的《大扎撒》的奇妙联系及发生的动人故事。希望这段饱含着战争与和平、傲慢与偏见、理智与情感、爱情与友谊的精美篇章，能够在13世纪宏伟画卷上熠熠生辉，最终带给我们自己和广大的观众朋友感动和对现实的启迪。

作为一名君王和统治者，成吉思汗对于宗教和法律手段的运用是非常先进的。为了统治庞大的大蒙古国，他制定了"人人均可信仰自己的宗教，遵守自己的教规，各宗教平等"的宗教政策。按照法律，包括基督

郭伟忠 摄

教、伊斯兰教、犹太教、佛教、道教在内的各种宗教地位平等，各个宗教必须和平相处，力避冲突。这些宗教得到了法律的严格保护，国内也保证了和平稳定。英国历史学家爱德华·吉本在其著作《罗马帝国衰亡史》的最后一章感叹"成吉思汗的宗教政策最值得我们惊奇和赞赏"。他解释道：在蒙古族人的营地，只要他们遵守《大扎撒》，即使宗教不同也可以"自由和谐"地生活在

一起。美国学者杰克·威泽弗德在《成吉思汗：比武力更强大的是凝聚力》一书中这样写道："纵观世界历史上伟大的征服者，他们之所以伟大，并不仅仅在于他们金戈铁马、摧枯拉朽般的征服和战绩，更在于他们给人类社会带来的改变，所造成的深远影响……"

大蒙古国促成了人类历史上第一波全球化浪潮，与此同时，宗教冲突也成了一个亟待解决的难题。当年的成吉思汗并没有一套意识形态，他只是制定了公正的法律并坚持实施，言必信，行必果，如同《蒙古秘史》中所说："我朝立于众国位之上，因我常思真理之圣道、大法。"时至今日，在第二波全球化浪潮方兴未艾之际，今人需要用古人的智慧来处理当今世界面临的棘手问题。正如《蒙古秘史》所言：成吉思汗的成功来自他寻求真理和维护最高命令的终极原则和法律而做出的努力。值得一提的是，杰克·威泽弗德经过考证发现，成

郭伟忠 摄

吉思汗的思想观念不仅在他生活的13世纪是革命性的，在18世纪，美国的开国元勋如华盛顿、富兰克林等也发现了他。《独立宣言》的起草人托马斯·杰斐逊在阅读成吉思汗相关书籍时发现了具体的方法——把他对宗教自由的渴望变成法律，以至于成吉思汗的《大扎撒》和《美国宪法第一修正案》精神如此相似，他的思想至今仍发挥着影响。

总而言之，成吉思汗指挥下的大蒙古国"到了世界

上的人们从未踏足过的遥远的角落",管理的土地和人口比罗马帝国整个历史时期的总和还要多。他当时面临的很多问题,与我们今天在全球化社会中所面临的问题并无二致:在全球化社会中,如何在信仰自由和宗教狂热行为之间取得平衡?宗教的界限是什么?法律应该如何制定和推行?八百年前,成吉思汗曾竭力寻找这些问题的答案,今天的人们仍然在这条路上苦苦求索。

回过头来看,再伟大的历史人物,也曾是一个个无比鲜活的生命,他们有血有肉,有情有感。

作为一名战士,成吉思汗永远冲在战斗的最前面。他的马最快,箭最准,苏鲁锭长矛最犀利。在冷兵器时代,他冲锋时敢于把后背交给他的战友,是多么大的信任,才使得他一生征战五十余载,经历大小战役上千次,都未曾有一人背叛他,创造了奇迹。

作为John,《天条》这部电影主人公,首先他是一名为自由而战的斗士,为此可以放弃一切功名利益;其次他是一名重情义的侠士,为了寻找兄弟他克服了世间所能想象的一切困难。他善于理解、帮助别人,他是一个懂得爱的男人。他不仅获取了有"草原上的女王"称谓的成吉思汗女儿的芳心,也得到了成吉思汗的认可。

作为John,完全来自另一个文明国度的斗士,对成吉思汗,从听说到相遇,从相识到相知,他发现了成吉思汗之所以伟大，并不像很多人的理解甚至误解的那样，只是"骁勇善战"而已。他是一个多面体，是一个有勇有谋、重情重义、兼容并包、心存敬畏的人。

我的另外一位叫作"John"的老朋友，来自英国的著名历史学家和旅行作家约翰·曼先生，在他的著作《成吉思汗与今日中国之形成》的导言中开篇便调侃了我，却也在最后一章郑重写道："在中国，成吉思汗也是一个符号，但意义迥然不同，因为他是大元的太祖，他代表着中国的统一、帝国的庄严、民族的骄傲。"

最后，希望每一个你都能够成为John，带着闪耀的目光站在13世纪神秘东方世界，尽情享受探索和发现的乐趣，享受当时的先进文化为今日世界所带来的反思和感悟，享受大草原上的亲情、友情和爱情所带来的震撼和感动。

2019年9月·呼和浩特市

（本文原为在电影《天条》筹备会上的讲话）

父 亲

天边即将落下的太阳
温暖美丽令人遐想
经常望着那个方向的是父亲的目光
有爱有恨有儿时的向往

清晨他向我走来
转身给我一个宽大的背膀
我欢快地喊着他的名字扑上
那是我儿时的天堂
有歌声有欢乐有梦想

紧紧抓着父亲那双手掌
他拉过弓箭，抓过缰绳
举起苏鲁锭
就能汇集整个草原的力量
他把我托举在马背上
眼中含着泪花但望向远方

啊，父亲的目光
啊，父亲的背膀
啊，父亲的大手掌
永远是我一生的渴望力量

2020年6月·呼和浩特市

（歌曲为电影《天条》而作）

父 亲

1=A 4/4

葛 健 词
赵天华 曲

| 3 5 6̂5̂ 5 | 2̂3̂ 6̂2̂1̂ 1 - | 6 1̇ 2̇· 1̇1̇ | 6 6 3 2 - |
天边即将　　落下的太阳　温暖美丽　令人遐想

| 3̂5̂5̂5̂ 3̂5̂ 5 | 3̂ 2̂ 3̂2̂1̂ 1 | 6 6 5̂6̂1̂ 1 | 6̂· 5̂ 5 - - |
经常望着那个　方 向 的是　　父亲的目光　目 光

| 3 6 6̂3̂5̂ 5 | 6̂3̂ 2̂3̂5̂ 6̂ | 6̇ 1̇ 1 - - | 3 5̂5̂ 6̂5̂ 5 |
有爱　有恨　有儿时的向　　往　　　　清 晨他 向我
　　　　　　　　　　　　　　　　　　紧紧抓着 父亲

| 2 3̂ 6̂1̂ - | 3̂5̂5̂ 3̂6̂5̂ 5 | 6 6 6 3 2 - | 3̂3̂2̂2̂ 5̂3̂3̂3̂5̂ |
走 来　　转身给我一个　宽大 的背膀　我欢快地喊着 他的
那双手掌　　他拉 过弓箭　抓过 缰绳　举起苏鲁锭就能汇集

| 3 2̂ 3̂ 1 - | 6̂6̂6̂5̂6̂·1̂ 1 | 6 2 2 - 0 5̂ | 6̂·5̂ 5̂0̂3̂ 6̂·5̂ 5 |
名字扑上　　那是我儿时的　天堂　　有歌声　有欢乐
整个草原的　　力量他把我托举　在马背上　眼 中含着泪花但望向

| 2 2 3̂5̂ 6̂ | 1 - - - | 3 - 3̂2̂3̂ | 5· 6̂ 1 - |
有梦　　想　　　　　　啊　父亲的目　　光
远　　方

| 6̇ 5̇ 6̂1̂ 6̂3̂ | 3̂2̂ 2 - - | 3 - 3̂2̂3̂ | 5· 6 3 0̂6̂1̂ |
父亲的背　膀　　啊　父亲的大 手掌 永远

| 3̂2̂2̂2̂1̂6̂·1̂1̂6̂ | 6̂5̂5 - - | 3 - 3̂2̂3̂ | 5· 6̂ 6̂ - |
是我一生的渴望　力量　　啊　父亲的 目　光

| 2 - - 2̂1̂6̂ | 6̂5̂5 5 - - | 5 - - 5̂3̂5̂ | 6· 5̂6̂5̂3̂6̂1̂ |
啊　父亲的背膀　　啊　父亲的大手掌 永远

| 3̂2̂2̂2̂1̂6̂2̂2̂ | 3· 2̂1̂1 - ‖
是我一生的渴望　力　量

这片森林，给岁月以文明

经历了疫情、洪水和大规模的贸易战，感恩不平凡的2020年，我们依然能相约在8月美丽的呼伦贝尔，感受这里的生机盎然与美好，也感谢大家百忙中拨冗参与电影《海林都之燃情岁月》的开机仪式。

电影《海林都》讲述了内蒙古草原母亲与三千孤儿和乌兰牧骑的故事，去年11月在全国十多个主要城市首映后收到了很好的反响，即将开拍的《海林都之燃情岁月》则讲述了我们脚下这片森林曾经为中华人民共和国建设做出的巨大贡献，并以恢复它的本来面貌、构筑北疆绿色生态屏障为主题，践行习近平总书记"绿水青山就是金山银山"的指导思想，向观众传达出经历了岁月更迭，现在离开森林也是一种大爱的故事，是一曲新时

电影《海林都之燃情岁月》剧照

代森林人的爱之歌。

　　森林是人类的摇篮，是文明的源泉。而作为世界知名、中国最大的森林——大兴安岭地区也蕴藏着很多动人的传说。"蒙兀室韦藏峡谷，此前未识草原人。似闻传说焉知假，恐是熔山顿觉真。"相传成吉思汗的先祖"熔铁出山"。蒙古部落走出森林，走进草原，后来又走向大海，走向世界，不仅创造了灿烂的草原文明，还把东西方文明交融贯通，但其根源还是这片神奇的土地。

斗转星移，时间转换到20世纪中叶，中国共产党带领中国人民砸碎一个旧世界，还要创造一个新世界，在这个过程中，大兴安岭为新中国建设做出了巨大的贡献。那时候，刚刚经历过战乱的祖国满目疮痍、百废待兴，没有钢材及其他现代化建设材料，需要大量砍伐木材来推动社会生产生活的发展。那时候，学生们上学的课桌椅、新楼房的门窗、火车铁轨的一块块枕木……大多来自这片森林，而大兴安岭的名字也在全国慢慢被叫响，这里的人们为建设祖国，"一不怕苦、二不怕死""为有牺牲多壮志，敢教日月换新天"的精神也传遍大江南北，被广泛学习和歌颂。然而随着时间的推移和时代的发展，人们逐渐意识到可持续发展的重要性，不能再这样继续大量砍伐森林。尤其是1998年特大洪涝灾害后，针对长期以来我国天然林资源过度消耗等引起的生态环境严重恶化的现实，党中央、国务院从我国社会经济可持续发展的战略高度，做出了实施天然林保护工程的重大决策。天然林保护工程一期从1998年开始实施，转眼到今天已经走过了二十多年的岁月。二十年的实践充分证明了它的实施给工程区资源、生态、经济、社会各方面都带来了显著的综合效益。经历了这二十年生产、生活方式和思想的巨大转变，这些一辈子与林相伴、与林共生的人们用他们的故事告诉我们："天保"就是"保天",保未来绿色发展的天,保资源永续利用的天,保子孙后代的碧水蓝天。

《海林都之燃情岁月》记录和讲述这些动人故事,影片中不仅会展示一群有血有肉的林业工人的风采形象,也会生动刻画他们走过的鲜为人知的漫长心路历程,以献给建党一百周年。我们希望通过影片传递一种不断向上生长的力量、群体的力量和奉献的力量,这些力量汇聚成爱的力量,铸成一根顶天立地的民族脊梁。我们希望告诉后人,这里的人们过去和现在都致力于献给祖国一份最满意的答卷,这片森林给岁月以文明。

在电视剧《忽必烈》剧组成立和开机仪式上,我分别做了题为《我是蒙古族人》和《在新文化的春天里》的主旨发言;在电影《天条》的筹备会上,我的发言题目是《I am John》;而在《海林都》系列电影的制作上,我希望我们用草原的胸怀拍草原,用森林的情感拍森林。列宁同志曾经说过:"忘记过去就意味着背叛。"所以从影视剧内容题材上,我们将充分反映过去那些曾经走过的、值得铭记的岁月,更要凸显"给岁月以文明"的深刻内涵。目前,内蒙古影视正在分三条主线呈现地区独特的自然资源和丰富厚重的文化:第一条线是以成吉思汗、忽必烈为代表的伟大历史人物和历史故事;第二条线是我们党在内蒙古地区带领各族人民所做的区域

电影《海林都之燃情岁月》剧照

发展与贡献；第三条线是以传统和新创作的民族音乐、歌舞为题材的音乐剧和电影。我们相信，这三条内容主线将共同打造出内蒙古影视新时代的动人篇章，成为照亮人们心灵的一道亮丽风景线。

最后我想说，很高兴现在已经有诸多来自全国各地的从事影视工作的专家学者及知名主创和演职人员参与到内蒙古影视的工作中，特别是我们欣喜地看到，今天有很多老领导、企业家、金融家参与到这项伟大的事业中来。希望大家能够通过共同创作这些作品，从而感受草原文化，热爱祖国北疆这片广袤的热土以及爱上这里那些可爱的、充满爱与奉献精神的人们。打造"内蒙古影视""内蒙古味道""内蒙古能源"品牌的过程，是一个思想转变的过程，也是一个认识提高的过程。人们常说"万事开头难"，其实，坚持更难。二十多年的草原文化事业一路走来，步履蹒跚，有时是蓬头垢面、捉襟见肘、流言蜚语，但越做越会被草原和草原上的人们所感动，想起习近平总书记在十九届中共中央政治局常委同中外记者见面会上引用的两句元代的诗"不要人夸颜色好，只留清气满乾坤"。我们会通过实际工作中的不

电影《海林都之燃情岁月》剧照

断努力，将思想认识提高到党中央和习近平总书记对于内蒙古的要求和殷切期望上来，提高到广大人民群众的希冀和老百姓的喜闻乐见上来，提高到梳理、传承、保护和发展草原文化上来。

感恩这一路有你。我们共同用奋斗书写奋斗，以文明记录文明，则历史被铭记，未来无限可期。

2020年9月·呼伦贝尔根河市

（本文原为在电影《海林都之燃情岁月》开机仪式上的致辞）

致《海林都之燃情岁月》剧组

亲爱的各位同事、剧组朋友们：

你们好！

今年的国庆节与中秋节恰好在同一天，在双节同庆的好日子里，我通过曹羊羊，向奋战在大兴安岭深处的《海林都之燃情岁月》剧组工作的你们及你们的家人道一声节日的问候和美好的祝愿。

我原本计划在节日到来之前，组织朋友们一起去拍摄现场慰问，但由于工作太忙，未能成行。只能通过这种写信的方式表达我的牵挂。

如今像我这样在节假日里通过这种写信的方式向奋斗在一线的员工表示慰问的老板已不多见，这封信可能没有奖金或物品更实际，但这是我的真诚。此刻，通过这封信，我最想表达的是自己对这片草原、这片土地以及坚守在这片草原、这片土地上的所有人的爱。

我们能为这片草原、这片土地所做的是：把那些生活在这里，一辈子与林相伴、与林共生的人，把那些为这片草原、这片土地做出巨大贡献的人的故事展现和描述出来，让更多的人了解，从而爱上这里。这是我最想做也是我们能够做到的。

可能我们所做的这一切，我们的这份情感、努力、坚守和付出，在世俗的眼里不能换来房子、车子，不能换来食品和衣物，但我们能够换来尊严、尊重和心安理得。这是我们无悔的追求。

今天，你们所在的根河已经是 $-6℃$，到了晚上气温更低，这样恶劣的拍摄环境你们从来没有过任何抱怨。中秋更怀想，佳节最思亲。就请把你们此刻正在做的事情，讲给中秋不能团聚的父母、子女及好友吧。我想，他们会理解的。是你们今天的付出，才让更多的人知道我们脚下这片森林及大兴安岭几十万林业工人们曾经为中华人民共和国的建设做出的巨大贡献和对祖国的爱。

明年是建党一百周年，全国观众会在影院里看到我们的作品。如果观众能够通过我们的电影，深刻地体会到今天的幸福生活来之不易，能够在心灵深处产生对大兴安岭的敬畏之情,那就是对我们今天的坚守和奉献的最大认可。

"隔千里兮共明月。"让皎洁的月光,跨越地理空间的阻隔,转达我的节日问候。

让我们在大兴安岭深处,留下奋斗过的痕迹。

2020年9月·呼和浩特市

森林之恋

只有在你的怀抱
才能看到万道霞光
只有在你的怀抱
才能听到林中交响
只有在你的怀抱
才能闻到泥土的芳香
只有触摸你的身躯
才能感受到民族的脊梁

无论生命有多长
你都会一直向上生长

你不攀附不张扬

时刻体现着群体的力量

无论生命有多长

倒下后全部奉献给大地

你一生吸收的雨露和阳光

世世代代传递着爱的流觞

祖先熔铁出山，不只是看看外面世界的奇妙

五万年的养育之恩，我们知道你太过疲劳

今天选择离开，是人类大爱的思考

怀着眷恋的心情，欣赏你那绿水青山的面貌

伐木丁丁远去

鸟鸣嘤嘤依然

你是人类的摇篮

你是文明的源泉

2020年7月·呼和浩特市
（歌曲为电影《海林都之燃情岁月》而作）

森林之恋

1=♯C 4/4 2/4

葛　健　词
赵天华　曲

5 6 ‖: 5· 3 5·1 1 2 3 | 5 - 0 0 3 5 | 6 1 6 6 5 0 6 3 | 2 - 0 6 5 |
只有　在　你的　怀　抱　　才能　看到　万道　霞　光　只

5 5 3 5 1　　1 1　6 6 5 6 3
生命有 多 长　你都会一直向上·生长　你不

0 3 3 5 | 1 6 6 5
熔　铁出　山　不只是看看外面世界的奇妙　五万

1 6· 5·6 6 5 | 3 0 6 1 2 3 2 2 | 2·5 5 6 | 5 - 0 5 6 |
有在　你的　怀　抱　才能　听到　林中　交　响　　只有

2 3 2 2 2　2 5 5 6
攀附 不 张扬　时刻体现着　群体的 力 量　无论

1·6 6
　　　　　　　　　　3· 2 2 6
年的　养育之 恩　我们 知道你太过 疲 劳　　今天

5· 3 5·1 1 2 3 | 5 - - 0 3 5 | 6 1 6 6 5 0·6 | 3·2 2 - 6 5 |
在　你的　怀 抱　　才能　闻到　泥土的 芳 香　只有

0 2 3 5 | 1 6·
生命有 多 长　倒下后 全部 奉献给 大地　你一生

6 5 5
0 2 3 5 | 1 6 5 6 5 0·6 | 3 2 2 -
选 择离　开　是人类 大爱的 思　考　　怀着

1 6· 5 6 5 | 3 0 6 1 2·2 2 1 1 | 6 1 1 2· | 5 5 5 - 5 |
触摸　你的　身　躯　才能　感受到　民族的 脊　梁　啊
1 6· 5 5 6 0 6 5
吸收的雨露 和阳 光　世世代代传递着 爱的 流　觞
5 6· 5
眷恋的心　　情　欣赏你那　绿水 青山的 面　貌

3 - - 3·2 3 | 5 - - 0 5 6 | 1· 6 6 6 5 2 3 | 2 2 2 - 1 2 | 3 - - 3·2 1 |
啊　　　　　伐木 丁丁 远　　去 啊　　啊

170 | 传承笔记

又见胡杨

——致《阿拉腾·陶来》剧组

金桂飘香，花好月圆，中秋节来临之际，我想通过包玉荣同志，向夜以继日辛苦奋斗在英雄的额济纳大地上的《阿拉腾·陶来》剧组的全体人员，致以节日的问候，也希望你们能够代表我转达给身边的家人们节日的美好祝福。

去年我们在这里庆祝《阿拉腾·陶来》演出十周年的时候，我给剧组写了一首《又见胡杨》，表达了我们这么多年对家乡这片土地的默默坚守和辛苦付出。今年是我们演出的第十一个年头，我们还有一个特殊的任务，就是把这个故事用电影的形式传达给更多的人，让他们了解在这片神奇的土地上发生的感人故事，从而喜欢上这里，爱上这里。今天我把这首诗再次转给你们：

郭伟忠 摄

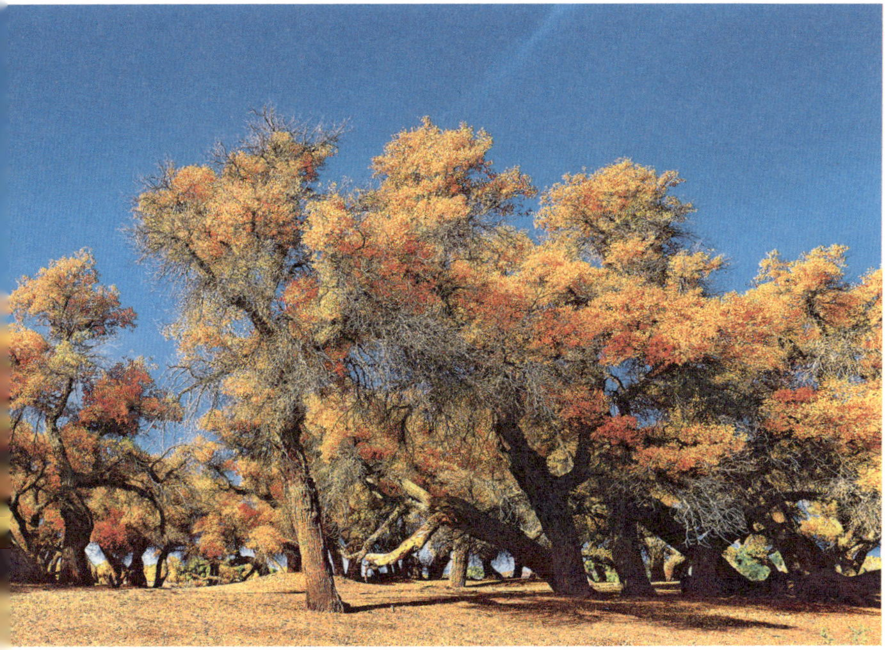

十年须臾,
大地惶惶。
每当奏响共和国华诞的乐章,
我们都会来到你生长的地方。

十年前,
弱水河声潺潺,
静静地在你的身旁流淌。
我们取一瓢弱水,和着动人歌舞,
制成传递正能量的流觞。

震撼人心的张骞出使西域,
向世人讲述了丝绸之路的殷切向往;
感人肺腑的土尔扈特东归,
展现了民族团结和回归祖国的希望;
太空上的五星红旗,
那震撼每一个中国人心灵的《东方红》的乐曲,
是在英雄的额济纳大地上唱响。

我们十年如一日,
将屹立千年的胡杨看到的动人故事,
展现在舞台上。

看过演出的每一个士兵、每一个教师、每一个牧民,
到国家领导,
都无不为之动容。
因为他们的演出让历史的力量乘着风拂向大地,
用舞台使光辉的生命延长。

历史须臾,
大地惶惶。
七十年的沧桑巨变,
伴随滚烫的热泪,
写入了共和国的历史篇章。

传承到我们手中的事业,
如何让它们变得更加辉煌?
伟大的共产党洁身自好,
反腐倡廉永远在路上,
与贫穷做斗争、与环境污染做斗争。
以人民为中心的发展,
为全人类树立起光辉的榜样。
乌兰牧骑的嫩芽正在破土,
一如那顽强生长的胡杨。

生态优先,
在北疆筑起绿色屏障,
做好现代畜牧业和现代能源经济的这篇文章。
认真讲好今天每一个动人的故事,
写好每一个面向未来的人类命运共同体的美好希望。

十年须臾,
大地惶惶。
生命究竟有多长,
人生如何去欣赏。
我们共同去看那风中的胡杨,
我们共同去看那古老的胡杨。

  影视剧表达故事的方式方法与音乐剧有所不同,需要剧组在胡杨林里艰苦拍摄的时间更长,付出的辛苦更多,而你们用自己的行动阐释着胡杨林的精神——能吃苦,能奉献,坚韧而顽强。用自己的倔强和血性,守护着生命的尊严,完成着自己的使命。对此,我由衷地表示欣慰。

  中秋月圆,佳节思亲。此时我们不能与亲人相聚,请把你们所做的事情讲给他们吧,是你们夜以继日地辛勤工作,才使更多人了解到胡杨林中千百年来发生

音乐电影《阿拉腾·陶来》剧照

音乐电影《阿拉腾·陶来》根据实景音乐剧《阿拉腾·陶来》改编而成。

的感人故事和额济纳大地上英雄们对自己祖国最深厚的情怀。

明月本无价,沙海亦有情。愿《阿拉腾·陶来》剧组全体成员携手奋进,展示你们的才华,在这片神奇的土地上留下更多的奋斗的足迹。

2020年9月·呼和浩特市

看胡杨

生命总有孤独的时候
不要烦恼不要忧伤
迎着风沙去跨越戈壁
走向那片胡杨

千年生命欢乐悲壮
默默诉说爱和力量
向着太阳去追寻理想
走进那片金黄

那是一个怎样的沧桑
它见证着勇敢顽强
那是永远的生命交响
在天地间回荡

啊,朋友
生命究竟有多长
人生如何去欣赏
你去看看那风中的胡杨

啊,朋友
生命究竟有多长
人生如何去欣赏
你去看看那古老的胡杨

2010年10月·呼和浩特市
(歌曲为致敬胡杨精神而作)

看胡杨

葛 健 词
色·恩克巴雅尔 曲

1=F 4/4
Andantino ♩=66

6 - 6 3 6.5 | 5 - - 5 3 5 | 6 - 6 3 6.1 | 5 - - - |
啊……　　　　　　　　　　啊……

1 2 3.2 2. 0 | 1 2 2 3 5. 2. 0 | 1 2 3 5 2 1 3 | 6 5.5 - 0 |
生命总 有　　孤独的时 候　　不要烦恼不　要 忧伤
千年生 命　　欢乐 悲 壮　　默默诉说爱　和 力量
那是一 个　　怎样的沧 桑　　它见证着勇　敢 顽强

3 5 1 6. 5 | 6.1 5 3 - | 2.2 2 3 2 0 6 1 2 1 | 1 - - - |
迎着风沙 去 跨越戈 壁　　走向那片胡　杨
向着太阳 去 追寻理 想　　走进那片金　黄
那是永远 的 生命交 响　　在天地间回　荡

6 - 6 3 6.5 | 5 - - 5 3 5 | 6 - 6 3 6.5 | 5 - - 5 3 5 |
啊……朋　友　　生命 啊……朋　友　　生命

6 6 6.1 6 6. 5 3 | 5 5 3 2 1 1. 6 3 | 2.2 2 3 5 5 6 5 3 2 3 |
究竟 有多长 人生　如何 去欣赏　你去 看看那风中的胡　杨

3 - - 3 3 5 | 6 6 6.1 6 6. 5 3 | 5 5 3 2 1 1. 6 3 |
　　　生命 究竟 有多长　人生 如何 去欣赏　你去

2.2 2 3 5 5 6 5 3 2 1 | 1 - - - | 6.1 1 6 3 | 2 - 2 3 3 |
看看 那古老的胡 杨　　　　　啊……朋　友

转 1=G

3 - - 3 2 7 2 | 2 - - - | 0 2. 2. 1 2 | 3 2 3 3 - - |
友　啊……　　　　　　　胡　杨

看胡杨

```
0 3 5 6 3· 2· | 3· 2· 1 1 - - | 7· 5 6 - | 6 - 0 5 3 6 5 |
啊 胡 杨            胡 杨          胡 杨
5 - 5 3 1· | 6 - 6 3 5 3 2 1 | 1 - - 0 6 3 | 2· 2 2 3 5 5 6 5 3 2 1 |
啊    啊 胡 杨     你去 看看 那古老的 胡  杨
1 - - - | 1 0  0  0  0 ‖
```

向世界展示草原文化魅力

城市发展中的草原文明

人是城市的创造者，也是城市生活的体验者、享受者，人的生活与城市的形态、发展密切互动。人、城市和自然界三者日益融合，成为一个不可分割的有机系统。

城市化已成为不可逆转的全球发展趋势。在漫长的人类文明及城市发展历史进程中，不同地域、不同民族、不同的生活生产方式，产生出了迥异的城市化发展道路，取得了不同的城市化发展成果，也产生了诸多问题。

人的发展是城市化最重要的目标，解决好人、城市

向世界展示草原文化魅力 | 183

2010年上海世博会内蒙古馆

　　2010年上海世界博览会，以"城市，让生活更美好"为主题，于2010年5月1日至31日在上海市举行。受内蒙古自治区人民政府委托，内蒙古草原文化保护发展基金会全面承办了2010年上海世博会内蒙古馆的各项工作，取得了圆满成功，受到中共中央、国务院的嘉奖和表彰。

与自然和谐共生、共存的关系，实现可持续发展，让人们的生活更加美好，是未来城市发展的基本内涵。世博会开启着人类重新认识世界的窗口，引领人们从对物的崇拜转向对人的关怀、从征服自然转向尊重自然、从追求增长转向推崇可持续发展。

提炼草原文化核心理念，研究草原文化发展形成的类型特征、历史进程和未来发展走向，将此原生性资源与现代科技文明在城市新观念体系下有机结合。

基于此，内蒙古确定以"城市发展中的草原文明"为参展主题，以"北斗星光，文明共享"的未来城市发展理念诠释上海世博会"城市，让生活更美好"主题，并呼应中国国家馆"城市发展中的中华智慧"的主题内涵。

内蒙古参展上海世博会的所有内容都紧紧围绕主题，以满足人的生存发展需要出发，尊重自然和社会发展规律，体现广泛参与，从多角度、全方位展示内蒙古独特的草原文化，展示草原游牧民族灿烂的历史文化，展示内蒙古民族团结、社会安定、各项事业稳步发展的现状，展现各族人民对未来生活的美好憧憬。

向世界展示草原文化的魅力

内蒙古自治区地处祖国北疆，地域广袤，人口分布比较分散，拥有天然草原、森林和大漠，担负着为祖国守土戍边的重任。

内蒙古是以草原文化为主的多元文化聚集的地区，草原文化是草原游牧民族在其形成、发展过程中生产和生活方式的总和，是以北方草原的地理、气候和人文环境以及畜牧业经济为主要生存机理的文化模式。草原文化具有鲜明的多民族性、文化主体性与吸融性、区域性、时代性和历史连续性。在漫长的历史进程中，草原文化在不断发展、演变。

草原文化开放、诚信、包容的精神，崇尚自然、生态永续、以人为本的理念，与人类未来城市发展的要求相契合。探寻草原文化智慧，传承草原文化精髓，在保持草原城市生态发展的同时让广大民众享受现代科学技术进步的成果，让那些无论是中心城市，还是散落在草原深处、湖泊旁边、森林沙漠之中，或坐落于矿山、国界边的每一座城市都能与国家、与世界紧密联系，共同发展，让内蒙古各族人民都能共享发展的成果。

依托内蒙古自治区独特的区域优势、草原文化资

2010年上海世博会内蒙古馆

源，运用草原文化智慧，保持城市生态与现代化建设的和谐统一。以满足民众最根本需求为主要目标，因地制宜地探寻适合地方发展，兼顾全球利益的新城市理念和发展模式，在更高标准下进行探索性实践，向世界呈现一个具有独特人文特色，悠久历史文化又焕发着勃勃生机的内蒙古，一个保持传统、创新进取、民族团结的内蒙古，为中国中西部地区乃至世界新的城市化发展提供典范。

2009年9月·呼和浩特市

（本文原为在"2010上海世博会内蒙古自治区公众论坛暨第六届草原文化百家论坛"上的主旨发言）

2010上海世博会内蒙古自治区公众论坛暨第六届草原文化百家论坛，由上海世博会执委会、内蒙古自治区人民政府主办，上海世博会事务协调局、内蒙古草原文化保护发展基金会承办，以"城市发展与草原文明"为主题，于2009年9月8日至9日在呼和浩特市举行。

蓝天白云

英雄的骏马追风而来
草原花朵不分开
大漠胡杨无限风采
岩画诉说千古的情怀

自由的雄鹰腾云而来
蓝天白云不分开
长河沃土希望所在
牧歌唱出心中的大爱

我们从远古走来
走进美好的新时代
向着未来豪情满怀
走得更精彩

2009年9月·呼和浩特市
（歌曲为2010年上海世博会内蒙古馆而作）

蓝天白云

葛 健 词
色·恩克巴雅尔 曲

1=D 2/4
Adagio ♩=40

‖: 5 5 6 | 5 3 | 2 3 6 | 1 — | 6 i i 2 |
英雄的骏马 追风而来 草原花朵
自由的雄鹰 腾云而来 蓝天白云

i 6 3 | 6 5. | 5 — | 6 i 2 | i 6 |
不 分 开 大漠 胡杨
不 分 开 长河 沃土

2 i | 6 5 | 6 5 3. | 6 2 2 3 | 2 1 1 6 1 2 | 1 — |
无限风采 岩画诉说 千古的情 怀
希望所在 牧歌唱出 心中的大 爱

1 3 5 | 3 — | 3 — | 3/4 3 5 5 3 5 3 2 1 | 2/4 2 — |
啊 我们从远古走 来
啊 我们从远古走 来

3/4 6 i 2 3 3 2 1 3 | 2/4 6 5. 5 | 6 i 2 | i 6 | 2 i 6 5 |
走进美好的新时 代 向着 未来 豪情满
走进美好的新时 代 向着 未来 豪情满

6 5 3. | 2 2 3 | 2 6 i 2 | 1 — | i — |
怀 走得 更精 彩
怀 走得 更精

0 0 | 0 0 :‖ 1 — | i — | 5 5 6 |
彩

5 3 | 2 3 6 | i — | 6 i i 2 | i 6 3 |

蓝天白云 | 191

啊

啊　　　　　我们从远古走　来　　走进美好的新　时

代　　　向着　未来　豪情满怀

走得　更　　　　　　　精　彩　　更精

彩

构建人类命运共同体

"世界好,中国才能好;中国好,世界才更好。"

这是国家主席习近平在联合国日内瓦总部发表《共同构建人类命运共同体》的主旨发言中所强调的。

在不同的文明语境下,探讨"构建人类命运共同体"的话题,从而"求同存异向前看"。不同的受教育背景、不同的成长环境、不同的社会形态,对"构建人类命运共同体"的认识不同。

今天我们会聚了世界著名的思想家、经济学家、社会活动家,大学教授、走遍天下的新闻工作者、在残酷的竞争环境中谋求发展的企业家和为人民服务的政府官员,从理论高度到具体实践问题进行了广泛深入的讨论,成果颇丰!

普利策新闻奖、奥斯卡金像奖、诺贝尔和平奖获得者的思想光芒,各位专家学者、女士们先生们的深邃智慧闪烁在中国北部边疆的边陲小镇阿尔山,也闪烁在阿尔山论坛。参会嘉宾的集体智慧为首届"阿尔山论坛"的成功召开,为很好地诠释"构建人类命运共同体"这一命题提供了理论支撑,也为草原文化插上了飞翔世界的翅膀。

一、站在历史的高度看历史

在人类历史发展的长河中,我们蓦然回首,看看祖先在为人类能够成功到达彼岸所搭建的一座座彩虹般的

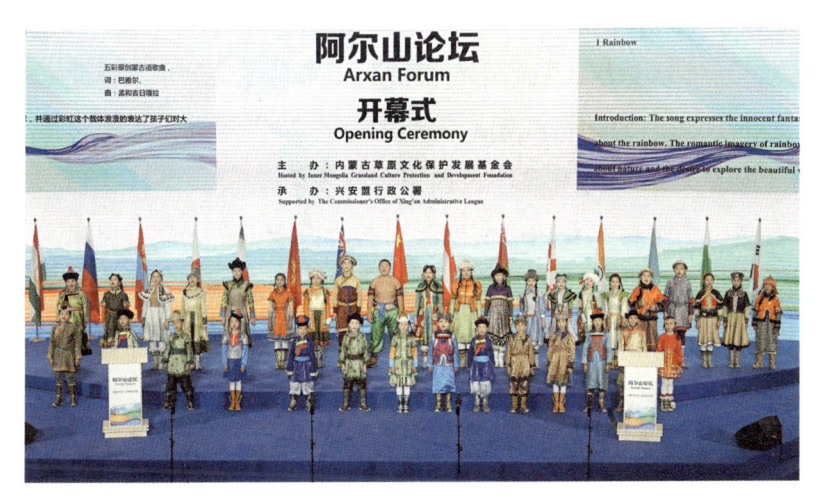

首届阿尔山论坛开幕式　图图　摄

桥梁;"以古喻今,以史为鉴",这是人类智慧得以生生不息延续和发展的最有效的途径之一。

构建人类命运共同体的一个最重要的环节,就是实现"一带一路"宏伟构想,从而为世界发展进步提供一个好的"中国方案"。"一带一路"旨在借用古代丝绸之路的历史符号,高举和平发展的旗帜,积极发展与沿线国家的经济合作伙伴关系,共同打造政治互信、经济融合、文化包容的利益共同体、命运共同体和责任共同体。回顾千百年来人类文明的历史进程、古丝绸之路的风云变幻和我们所经历的中国改革开放四十多年的具体实践,和平是"一带一路"和世界各国发展建设的本质属性,相互尊重、理解和信任是各国应该遵守的原则,各个国家的人民都能过上幸福生活应该是我们共同奋斗的目标。

本次论坛,我们还有幸聆听了来自呼伦贝尔大草原的孩子们的动情演唱,他们的歌声一直萦绕在我们耳边,天籁般的声音让我们思考人类社会应该是什么样子,为了孩子我们应该做些什么。内蒙古艺术剧院民乐团的演员们,用自己的音乐情感诠释着草原音乐和世界音乐的相通之美。欢快的那达慕、雄壮的贝多芬命运交响曲,让每一位参会嘉宾在美妙的音乐声中感受着开放、包容的草原文化带给这个世界的人间美好和构建人类命运共同体的可能性。

二、从人类命运共同体的角度观照现实

首先,是包括蒙古族在内的全国各族人民跟随习近平总书记同步走进新时代。经过两年多的调查研究,论坛召开前的多次研讨会,以"游牧文明与牧区现代化"为题目的分论坛被纳入了首届阿尔山论坛,并且有了实质性的成果,一个具有现实意义和可操作的"三生共同体"(生活方式、生产经营、生态保护)方案将进入试点阶段,若获得成功,将会在我国的牧业地区彰显它的生命力,并可能成为"一带一路"上"中国智慧"的实践范式。

其次,是把"内蒙古"三个字作为品牌来建设好,一个强大的、清洁高效的、有科技引领并不断创新的"内蒙古能源";一个独具地域特色、跨越千年文化传承、引领国际化蒙餐发展的"内蒙古味道";一部部荡气回肠、感人肺腑、充满人间正能量的"内蒙古影视"的探索和发现,在本次论坛上获得了实质性论证和有效推进,其成果令人期待,令人向往。

三、站在新时代的起点想未来

站在新时代的起点想未来,我们将努力"梳理、传承、保护、发展"好草原文化,并以此作为文明对话的基础,把"构建人类命运共同体"为主题的阿尔山论坛一届一届办好、办下去。

我们将努力"梳理、传承、保护、发展"好草原文化，并以此作为思考问题的导向，建设好由国内外各领域顶级专家学者组成的民间智库，为践行构建人类命运共同体的伟大事业和内蒙古的发展出谋划策。

我们将努力"梳理、传承、保护、发展"好草原文化，并以此作为衡量的标准，设立一个崇高的"草原文化奖"，把全世界各领域的精英和有共建人类命运共同体共识的人们请到草原来。这里可能没有现代化的实验室，可能没有宽敞明亮的课堂，但在草原深处肯定有一

首届阿尔山论坛会场　图图　摄

个属于你的温暖的家。白天信马由缰瞭望草原，夜晚仰望星空牧歌荡漾。

首届阿尔山论坛已近尾声，会后我们将设立阿尔山论坛常设机构，发行阿尔山论坛基金，整理好难得的论坛成果，逐步改善论坛环境，以能落地、可持续的务实态度，坚守信念办好阿尔山论坛。阿尔山论坛无论世人看不看她，怎么看她，她都会像苍劲挺拔的扎根在大兴安岭山峦上的蒙古红松一样坚强成长，直指云端！正如两千三百多年前中国著名的思想家、哲学家、文学家庄子所说的"道行之而成，物谓之而然"。

2018年9月·阿尔山市

（本文原为在首届阿尔山论坛上的致辞）

首届阿尔山论坛由内蒙古自治区人民政府主导、内蒙古草原文化保护发展基金会主办、兴安盟和阿尔山市人民政府承办。以"全球文明对话与人类命运共同体"为主题，于2018年9月15日至18日在内蒙古兴安盟阿尔山市举办。

内蒙古品牌的打造与草原文化的建设

人类命运共同体是一个全球化概念，最早在我们这一辈人脑海中树立全球化概念的是马克思和恩格斯的思想。恩格斯《在马克思墓前的讲话》中曾阐释马克思主义的伟大之处在于，他发现了人类历史的发展规律：人们首先必须吃、喝、住、穿，然后才能从事政治、科学、艺术、宗教等等。所以，本着"积小成以成大成"的思想，作为社会基层细胞的我们，内蒙古草原文化保护发展基金会希望从大处着眼，从小处着手，在"构建人类命运共同体"这一宏大命题引领之下做一些基础工作方面的努力，进而去影响周围各个阶层的人，最后达到"近者说服而远者怀之"的效果。

第二届阿尔山论坛　图图　摄

第一部分的努力是按照内蒙古自治区政府工作报告中的要求，做好"内蒙古"品牌的建设工作。"内蒙古味道""内蒙古影视""内蒙古能源"等品牌的具体建设工作风生水起。

首先，"内蒙古味道"作为草原文化，或可称之为是中国北方民族生产生活方式不断交融、积淀的直接产物和文化精髓，为人们所每日必需和喜闻乐见，是发挥内蒙古自治区在"一带一路"地缘优势和文化共同性的排头兵。我们从它的食材、原料、制作工艺和整体服务流程等多个方面，都做了大量的梳理、传承、保护和发展的细致工作。

其次，在"内蒙古影视"品牌建设层面，我们这一年仍在继续积极拍摄草原文化主题电视连续剧和系列电影，并且和在座的嘉宾凯斯·美林先生成为合作伙伴。他作为世界顶级的电影大师（奥斯卡金像奖导演、被美国电影科学院冠以终身成就奖的先驱），自从去年参加了首届阿尔山论坛之后便爱上了内蒙古和草原文化，成

音乐剧《阿尔山》剧照

音乐剧《阿尔山》由内蒙古草原文化保护发展基金会、阿尔山市政府、兴安盟行政公署联合出品。以一个可以穿越时空隧道的小鹿为线索，从"阿尔山"（蒙古语意思是"圣泉"）名字的由来延展剧情，讲述了三个不同历史时期的三段精彩故事。

为我们的朋友和合作伙伴，百忙之中今年已经第四次来到内蒙古与我们共同工作，每次都逗留大约两周的时间，包括今天再次参加阿尔山论坛，也是为了后续更深度的合作而进行努力。我们希望把在此碰撞出的思想火花和文化精髓落实到合作的影视作品中去，进而将这些转化了的、民族的真实且富有正能量的内容，也是人类所普遍认知的共通之美，传递给更多的受众，同时也向更广阔的海外世界进行展示、宣传和推介。

最后，在"内蒙古能源"品牌建设层面，三周前内蒙古草原文化保护发展基金会在鄂尔多斯主办了第二届内蒙古国际能源大会，具体展示和推进了为建立更为清洁、高效的能源产业，我们在制度建设和产业规划层面做的建议和呼吁工作。

第二部分的努力是将"以人民为中心的发展观"的思想落实到基层，助推牧区现代化。几日前在呼伦贝尔国际绿色发展大会开幕式上，我们多角度阐释了"绿色发展是以人民为中心的发展观"，大部分与会代表深入我们的牧区现代化项目进行考察，从建设的第一现场感受基层工作正在如火如荼地展开，这不仅是我们对于自治区政府指导思想的呼应和具体落实，更是我们为构筑人类命运共同体、为牧区老百姓过上美好生活而做的实际工作。同样，牧区现代化建设也有助于发挥内蒙古在

"一带一路"上的地缘优势。"新丝绸之路"将整个北方草原走廊作为丝绸之路重要连接地段，我们从边缘地带一跃成为面向中亚、西亚和东北亚地区对外开放的前沿地带，沿线大多数国家均存在广大的牧区，如何实现牧区现代化已成为我们彼此之间对话和交流的重要内容之一。更进一步，牧区现代化工作将助推内蒙古自治区在现代化中探寻草原民族的文化创新与文化自信，提升民族竞争力，为共建生态文明社会、构筑人类命运共同体做出应有贡献。

第二届阿尔山论坛开幕式　图图　摄

第三部分的努力是给草原文化插上教育和文化传播的翅膀，希望能够将上述工作做得更扎实，走得更长远。在过去的这一年中，乃至在过去的二十多年中，内蒙古草原文化保护发展基金会为培养各项工作相关的高素质人才做了大量工作。昨天晚上年轻的指挥乌日勒就是我们基金会和中国文化基金会联合选送到美国本硕连读了六年的优秀蒙古族青年指挥家，我们希望在中华人民共和国成立一百周年时她能成长为闻名世界的优秀指挥家。本次阿尔山论坛特别设立了"校长论坛"，也是我们期望通过"影响有影响力的人"，将人才队伍建设作为区域发展的重中之重来推进。不仅顶层工作需要各位"头部首脑"达成共识，基层工作更是需要不断地去呼吁、去培养、去吸纳和组织越来越多的有识之士共同加入并为之努力。文化传播亦是如此，"泰山不让土壤，故能成其大；河海不择细流，故能成其深"，我们要从基层的具体工作入手，从每一个细节入手，从每一个人入手，发出属于我们的、属于草原文化的健康声音，为全方位、多层次、积极健康的草原文化的传承、发展和"走出去"做出应有的贡献。

去年我们在此召开了第一届阿尔山论坛，今年是第二届，未来还会有第三届、第四届……固然人们常说"万事开头难"，然而我认为坚持更难。"不积跬步，无以至千里；不积小流，无以成江海"，既然我们选择了宏观和微观共同向前推进、理论和实践同时着手发力这条道路，就要一直坚定不移地走下去。"善学者尽其理，善行者究其难"，我们也希望不断地通过阿尔山论坛进行全球文明对话与人类命运共同体主题探索，保留思想精华和具体实践经验，摒弃不能与时俱进的观念，进而促进文明的提升，为构筑人类命运共同体做出一个地区、一代人应有的贡献。

踏遍青山人未老，风景这边独好。

2019年8月·阿尔山市

（本文原为在第二届阿尔山论坛上的致辞）

第二届阿尔山论坛由内蒙古自治区人民政府主导、内蒙古草原文化保护发展基金会主办、阿尔山市人民政府承办。以"全球文明对话与人类命运共同体"为主题，深入践行"绿水青山就是金山银山"的发展理念，于2019年8月30日至31日在内蒙古兴安盟阿尔山市举办。

共同拥有

当你给了我信任的天空
我就拥有翱翔的理想
当你给了我希望的天空
我就拥有驰骋的力量

当你给了我一棵小草
我就拥有一片绿洲
当你给了我一滴清泉
我将把她汇成大爱的海洋

我们共同拥有深情的大地
富饶的家乡充满着神奇
我们共同拥有温暖的阳光
辽阔草原更加美丽

2015年5月·北京乾元驿

共同拥有

葛 健 词
乌兰托嘎 曲

1=D 4/4 2/4
深情 舒展 中速

当你给了我　信任的天空　我就拥有翱翔　的理想
当你给了我　一棵小草　我就拥有一片　绿洲

当你给了我　希望的天空　我就拥有驰骋　的力量
当你给了我　一滴清泉

我将把她汇成　大爱的海　洋　　　　我们共同拥有

深情的大　地　富饶的家乡　充满着神奇　我们共同拥有

温暖的阳光　辽阔草原更加美　丽　　　　更加美

丽　　　　　　　　　　　　更加美　丽

蓝蓝的天上白云飘

"若是有人来问我这是什么地方，我就骄傲地告诉他：这是我的家乡！"

这首歌在内蒙古各族人民当中传唱了几十年。蓝蓝的天上白云飘，白云下面马儿跑的美丽景象，始终是草原儿女心中的骄傲和价值取向。其实，人类千百年来能源充分开发利用的智慧和思想并不矛盾和对立，我们一直在寻找和探索环境友好型的发展路径。

习近平总书记提出的"做好现代能源经济这篇文章"和"绿水青山就是金山银山"发展理念为我们指明方向。本次会议包括诺贝尔奖得主的思想光芒、国内外各位专家院士穷其一生的研究成果和诸多企业家在企业发展中的深度思考，为我们内蒙古草原文化保护发展基金会这

郭伟忠 摄

一民间组织下一步在能源领域如何更好地发挥作用提供了思想方法、理论支撑和实践路径，又经过几次小型闭门会议研讨后，达成以下共识：

一、联合或组织聘请国内外高端智库

会集国内外顶级专家学者、行政领导、有远见的企业家，制定一个可持续发展的"内蒙古能源"规划顶层设计建议。旨在第二个"一百年"到来之前，也就是内蒙古自治区成立一百周年之际，建成一个强大的、清洁高效的、不断创新并有科技引领的"内蒙古能源"体系和发展路径。

二、在构建人类命运共同体的框架下，搭建一个内蒙古能源合作平台

这是一个信息平台，是一个新思想、新理论交流论证的平台，是一个新技术、新工艺路线转化转让的平台，是一个各种文明梳理发展的平台，更是一个新技术推广应用的合作交流平台。

三、创办高端的国际能源展

以这样的形式汇集全球顶级能源企业的创新成果，寻找合理利用能源的最佳方法和路径，展示人类能源发展智慧和自然和谐的理念。

四、通过文化和文明传承的方法和手段，提高当地老百姓生活质量，对各种采空区和沉陷区进行综合治理

促成混合所有制企业的形成，寻找并宣传全世界最佳治理方法，打造环境友好型的开采典范，并争取建成一个以草原文化核心价值为设计理念的采空区治理示范区。

五、加大对能源领域的自主创新研究

基础理论研究是整个科学体系的源头，要瞄准世界的科技前沿，把握大趋势，打好基础，储备长远，通过加强基础性研究，引领原创性成果，实现更大的突破。尤其是大力培养造就一大批具有全球视野和国际水平的战略科技人才、科技领军人物和高水平的创新团队，充分发挥科技的优势和作用，通过科技的创新和发展，引领能源领域的节约和高效环保利用。

首届内蒙古国际能源大会开幕式　图图　摄

六、培养一批致力于书写现代能源这篇文章的年轻人

推动经济圈内高等院校的学科建设和一批相关科研院所的落地，促进人才引进和输送相关留学生、访问学者的成行，拍摄、制作、发展一批相关题材的文艺作品，让全社会，最主要的是年轻人理解我们的所作所为。

莎士比亚说："凡是过去，皆为序章。"让我们从现在开始为草原、为下一代做好我们该做的作业吧！

2018年8月·鄂尔多斯市
（本文原为在首届内蒙古国际能源大会上的致辞）

首届内蒙古国际能源大会由内蒙古自治区人民政府主导、内蒙古草原文化保护发展基金会主办，以"探索新时代能源发展新路径"为主题，于2018年8月10日至13日在内蒙古鄂尔多斯市召开。

天人合一　敬畏自然

习近平总书记曾经提出,"科学技术发展是人类认识世界、改造世界的强大动力……人类文明每一次重大进步都与科学技术的革命性突破密切相关"。从生产关系反作用于生产力的角度,我们不难发现,文明的提升是做好现代能源经济这篇文章的重要前提。

聚焦草原和草原文化,蒙古族人民自古就以"天人合一、敬畏自然"为其文化主旨和精神取向。从最初爱护赖以生存的草原的朴素情感,发展至成文成法的制度约定,再延续发展到今天,善待资源,合理、高效地开采和使用能源,人与自然和谐两旺、共同有序发展,不仅是需要我们传承的文化思想,也是亟待我们保护和发展的文明成果。

这其中，开幕式上提出的制度和管理提升的课题，尤其需要我们在历史的基础上不断深入钻研，在未来实践中求得发展。七百多年以前，草原上的生产生活方式以游牧为主，与其相对应的法典《大扎撒》中对环境的保护虽然做了极为简单的条例约束，但非常行之有效。现今，科技的发展、传统能源的开发与新能源的利用极大地改善和丰富了人们的生活，但也打破了生态平衡。粗放的能源开采与经营管理给草原带来了巨大的压力。如果没有观念的转变、制度的提升以及有效的管理，草原得不到保护，草原文化和已经形成的文明成果

第二届内蒙古国际能源大会开幕式　图图　摄

就更不足以谈传承和发展。习近平总书记还说："对历史文化特别是先人传承下来的价值理念和道德规范，要坚持古为今用、推陈出新。"文明不仅是倡导、教育出来的，也是通过制度管理出来的。梳理中外社会文明史不难发现，一个社会的文明素养，既是历史演进的结果，也是持续管理的结果。刚性的制度、严格的管理不仅是一种约束，也是一种唤醒，它唤起人们的文明意识，形成人们对文明的敬畏，最终让文明内化于心、外化于行。要做好现代能源经济这篇文章，同样也要求我们内蒙古草原文化保护发展基金会和其他社会力量通过组织研究更为合理的制度、配合进行行之有效的管理，通过文明的提升，来惠及大众，不断书写家乡的绿色发展与进步。

另外，除了法制管理对于生产力的反作用力以及文明的促进，经济学尤其是制度经济学也尤为凸显其作用。深化供给侧结构性改革的过程，也是文明提升的过程。其今年经济工作重点的八字方针"巩固、增强、提升、畅通"中，即包含"文明的增强和提升"这一重要内容。能源经济要实现高质量发展，去掉所谓的落后产能，其实就是不文明的产能；低质量开采、管理铺张浪费、破坏生态环境等行为，都是不文明的行为。当环境保护与GDP增长或者某位能源管理者的政绩出现矛盾时，我们如何选择？这个问题看似简单，其实需要不断解放思想、提升认识、统一价值观，在紧跟世界能源技术革命新趋势，提高能源综合利用效率的同时，运用更多市场化、制度化的手段，确保生态优先和绿色发展，最终实现整个社会文明的新的提升。这是一个动态的过程，文明的提升，既是前提，又是结果。

现阶段，我国的人均能源拥有量还很低，虽然矿产资源总量丰富，但人均占有量仅为世界人均占有量的58%。同样，我们真实的资源利用综合水平也很低，无论是能源开发、采掘，还是管理和深加工，都缺乏核心技术和自主品牌。充分认识这些问题，深刻了解现状，也不失为一种"文明的提升"。然而面对困难，我们不能自怨自艾，更不能气馁。我们要坚定"四个自信"，尤其是制度自信和文化自信，相信办法总比困难多，相信幸福都是奋斗出来的，坚持努力拼搏、不断奋斗。这不仅是一种文明的提升，也是做好现代能源这篇文章的重要前提。

总之，在改革开放四十周年、恰逢中华人民共和国成立七十周年、即将迎来建党一百周年之际，我们要身体力行，行动起来，跟上习近平总书记"新时代的步伐"。新时代要求我们勤学、善思、多实践。新时代里，无论是能源管理者、科研学者、企业管理者，还是技术人员，或是内蒙古草原文化保护发展基金会成员，我们每个人都要立足自身岗位，努力成为一名奋斗者。因为新时代是奋斗者的时代；奋斗者的人生，是幸福的人生。

2019年8月·鄂尔多斯市
（本文原为在第二届内蒙古国际能源大会上的致辞）

第二届内蒙古国际能源大会由内蒙古自治区人民政府主导、内蒙古草原文化保护发展基金会主办、鄂尔多斯市承办。以"探索以生态优先、绿色发展为导向的能源高质量发展新路子"为主题，于2019年8月10日至12日在内蒙古鄂尔多斯市召开。

发展与回归：草原文化与生态文明

蓝天、白云、骏马、蒙古包和大草原，蜿蜒流淌的额尔古纳河，高山深处巍巍的兴安岭，特别是昨天晚上当一群年过半百的牧民身着盛装手捧哈达唱着动听的牧歌、晃动着上身、迈着坚定的步伐向我们走来时，我情不自禁泪如泉涌。几千年来，我们以自己的节奏和生活方式在这里经历过原始文明、农业文明、工业文明，今天走到了生态文明的新时代。

多年前，内蒙古草原文化保护发展基金会成立之初，我们树立了"梳理、传承、保护、发展"草原文化的宗旨。在多年不断进行大量梳理、传承和保护的基础工作之后，我们发现：生态文明是现阶段草原文化的发展目标之一，同样也是一种价值和情感的回归。

党的十八大报告重点论及"生态文明",并将其提升到更高的战略层面。报告指出:面对资源约束趋紧、环境污染严重、生态系统退化的严峻形势,必须树立尊重自然、顺应自然、保护自然的生态文明理念,把生态文明建设放在突出地位,融入经济建设、政治建设、文化建设、社会建设各方面和全过程,努力建设美丽中国,实现中华民族永续发展。回顾历史,其实在中华民族传统文化中,生态伦理思想一直都是其主要内涵之一。比如《周礼》上说:"草木零落,然后入山林。"又如《中庸》里讲:"能尽人之性,则能尽物之性;能尽物之性,则可以赞天地之化育;可以赞天地之化育,则可以与天地参矣。"草原文化作为中华文化的有机组成部分,也曾以其丰富的内涵和独有的精神特质对中华文明和世界文明的发展产生重大影响。无论是"敬畏自然""天人合一"的人与自然和谐共生的生态理念,还是融入各族人民多元文化、多种信仰的多样性发展观,贯穿于草原民族的生产方式和生活方式,世世代代相传直至今日,为人们所敬仰和遵守。其中,以蒙古族为例,早期便有习惯法规定严禁挖掘草地、遗火、春夏季狩猎和污染水源等行为。元代以后形成的所有成文法几乎都涉及了生态问题,对蓄意破坏草场、盗猎等行为制定了严厉的制裁措施,《元典章》—《阿勒坦汗法典》—《喀尔喀法典》等还列出了保护动物的名单，反映了蒙古民族高度自觉的生态保护意识。这是一种深入骨血的理念，曾受到工业文明发展的冲击，也曾被盲目发展的愿望所鄙弃，然而现在我们又再次聚首在生态文明建设的大旗下重新审视草原文化，它需要自然的反思，需要情

郭伟忠 摄

感的回归，需要集思广益、凝聚力量，以求更好地传承和发展。

重新审视草原文化，将生态文明作为发展目标与初心回归，明确生产力发展目标和考核机制是我们基金会目前研究的主要课题之一。"绿色GDP"的基本思想最

呼伦贝尔国际绿色发展大会开幕式　图图 摄

早在1946年由英国经济学家、诺贝尔经济学奖获得者约翰·希克斯提出。这个概念的基础是：只有当全部的资本存量随时间保持不变或增长时，这种发展途径才是可持续的。随之，1985年生态经济学家汉农首次提出的生态系统生产总值（GEP）概念迅速被人们所接受。全面实施绿色经济考评体系，让内蒙古绿水青山的"亮丽风景线"变成金山银山的"绿色经济产值"，需要我们共同努力。另外，要走好内蒙古绿色发展之路，构建以"绿色经济"为导向的产业生态化与生态产业化体系，需要做好生态、资源、环境、经济、民生五个方面的协调发展。这其中，除了积极推动现代绿色能源经济发展，本月上旬我们主办了第二届内蒙古国际能源大会之外，大力培育发展草原生态产业和绿色服务业，推动生态资源与文化旅游产业深度融合发展，也是我们基金会和企业始终奋斗的方向。

从生活方式的视角，我们需要通过提供相应的产品和服务，加之有效传播，不断引导人们在追求更高生活水平的同时，践行绿色低碳、节能环保、简约适度的生活方式，倡导与大自然和谐共生、高质量发展的文化理念。无论是内蒙古草原文化保护发展基金会过去创作的音乐剧《阿拉腾·陶来》《阿尔山》，还是近一两年拍摄的影视作品《忽必烈》《海林都》，以及企业层面我们不断提升的各种产品及服务，都力求潜移默化地影响消费者和受众，促进人们在衣食住行游中形成绿色生活消费习惯，使草原文化在社会主义精神文明建设和生态文明发展中继续焕发出勃勃生机和新的活力。

总之，在习近平总书记的指示和要求下，在内蒙古自治区政府的引领和带动下，不断探索以"生态优先　绿色发展"为导向的高质量发展新路子，使我们的天更蓝、水更绿、山更青，草原更富有文化魅力；生态文明在此回归草原人民的初心，草原文化未来顺利发展至生态文明阶段；为家乡的生产、生活方式注入绿色发展新动能。

千里之行，始于足下。一万年太久，只争朝夕。

2019年8月·呼伦贝尔新巴尔虎右旗
（本文原为在呼伦贝尔国际绿色发展大会上的致辞）

呼伦贝尔国际绿色发展大会由内蒙古草原文化保护发展基金会主办，呼伦贝尔市人民政府承办。以"探索以生态优先、绿色发展为导向的高质量发展新路子"为主题，于2019年8月26日至29日在内蒙古呼伦贝尔市举办。

牧区现代化随感

"牧区现代化"建设是深入贯彻落实习近平总书记"抓好牧区工作"指示的重要举措，也是内蒙古自治区政府和各界有识之士共同关心的重要议题。内蒙古草原文化保护发展基金会始终以高度的使命感与责任感参与"牧区现代化"的各项工作中。三年前，我们组织了二十多位专家学者组成七个工作组，赴内蒙古自治区三十三个牧业旗县进行了广泛的调研，初步形成了"三生共同体"解决方案，此方案在第二届阿尔山论坛上得到了广泛的论证。

"牧区现代化"第一个试点单位在呼伦贝尔新巴尔虎右旗展开，一批专家学者舍弃了和家人团聚的时光，一直在新巴尔虎右旗的广袤草原上做试点调研。清晨和他们通话时,他们说:"昨天,新巴尔虎右旗下雪了。"我说:"那片片雪花就是全区各族人民给你们送去的节日问候。"现附一首小诗略表崇敬之情:

我看见,
北方之北,
巴尔虎草原时光缝隙中,
浮动熟悉的身影。
共坐烛光旁,
以一杯殷红与月对酌。

我听见,
带着山西调的普通话,
与掺杂着汉语单词的蒙古语。
踏破漆黑夜,
摇动浩瀚宇宙星光。

我嗅到,
成吉思汗醇酿,
醉倒嫦娥泪洒夜空。
一不留神,
世人皆醉唯你独醒。

我知道,
近一万日的艰辛苦读,
换得一腔热血两袖清风。
伴随月光舍一把金辉,
照亮牧场,温暖毡房。

我遥望,
戊戌中秋月。
冲击时间和空间的思想光芒,
在内蒙古草原上飞翔。

2018年9月·呼和浩特市

阿尔山记

《诗经·绸缪》云:"今夕何夕,见此邂逅。子兮子兮,如此邂逅何。"天地造化,万象神奇,然奇景难遇,奇缘难期。唯不可期而遇,则动情、动心,是为邂逅。

冬雪初融,春气方动。风未暖而清洌,泉初涌而澈明。余漫步于阿尔山水滨,缘溪而上,清风美景,忘路之远近。水边忽见一立石,上刻《小鹿传说》:远古时,蒙古族一猎者剽悍无双,能骑善射,以其勇敢、正直、善良,声震大兴安岭。尝猎于此,恰逢鹿。猎者发矢,正中鹿足。鹿负痛而奔,于泉边洗创,未几即愈。猎者迫之,鹿即飞遁,宛如当初。猎者大惊,异鹿之失,更以泉为神水。

然余甚惑之。初亦以阿尔山泉之神异而告他人，间有鹿之疗伤事。继而思之，此事大谬。盖以蒙古族猎者之慈，必不忍伤鹿，此其一也。若误伤之，必救之，此其二也。倘鹿中箭，又岂能遁而生之？此其三也。余以为，此《小鹿传说》乃误传，鹿未伤矣。臆其大略：鹿偶离族群，失长者之庇而致恐慌迷途；寻路之时，为流言蜚语所恐而致抑郁；鹿力竭而仆于泉边。然饮山泉，健胜从前。

余复前行，忽见一鹿，

四目相视，心生暖意，

顿感大惊，莫非传说之鹿也，随其行。

鹿乃前行……

层林尽染，五色斑斓，秋色无边，美不胜收。鹿于丛林路邂逅数马。其神采骏逸，步履坚定，不疾不徐，目带柔光。马乃草原之灵物，蒙古族之挚友，于其生产、生活、文化不可或缺。

"千里疾风万里霞，难追百岔铁蹄马。"古时信息传递、疆场征杀，均有赖蒙古马之力。今乃倚蒙古马转林场、踏坚冰，勇担重任，再立新功。蒙古马无畏寒暑，坚韧不拔，甘于奉献，其力强，其志坚，是为蒙古族之至亲友伴。

溯其源，蒙古族生于马背之上，是以与马情甚笃，马亦感恩于人，忠顺其主。蒙古族辉煌之往及灿烂之今尽付于马。蒙古马西征，则使中西文化交融互通，中西商贸之盛亦由此始。沿商路之族借此交往，使得丝绸之路非限于经贸，亦广涉文化。由此演进，遂成世界文化沟通之广阔平台。其涉广，其意深，东西先进精神信念方得传承。西学东渐之例，其为著者，乃马克思主义之中国化。历经百年，中国革命屡创胜绩，直至中国特色社会主义道路之

郭伟忠 摄

肇始。基于此，始创阿尔山论坛，希冀诠释马克思主义第二阶段之精髓，并存而发之，以期构建人类命运共同体。

"蒙古马精神"乃草原文化之形象标识与典型符号，今弘扬之，即鼓舞导引蒙古族民众构建人类命运共同体，其意深远。优秀民族文化乃为"蒙古马精神"之沃土，亦需与时俱进，使之既有史之永恒，又具今之新时代内涵，方显其时代价值之巨。生逢其时，改革开放与现代化建设皆举力推进，"蒙古马精神"必光大之。

鹿继之而行……

　　山势崔巍，鹿无畏矣。走驻之间，愈行愈上，渐入初冬。仰望苍穹，悠远寥廓，而林间枝杈干冷寂寥，孤鹰于其中飞掠。鹿睹此景，忽忆鹰之重生事。

　　世之鸟长寿者，以鹰居首，可至四十。然欲再延年，则需于弥留时抉择之：安卧以殁，抑或历劫重生。鹰若重生，其痛甚巨。利爪渐而老化，乃至无力缚物；其喙渐长且弯，难食与饮；其翅沉而不振，蜷曲苦楚。至此，鹰需奋力搏至山巅，以喙击石，至落尽，且待新喙再生，并以之尽拔其羽。痛饿相继，形容尽槁。如此之苦需历五月，鹰乃重生，健硕雄伟，可再翔卅年。

　　"安而不忘危，存而不忘亡。"纵览人类史，皆思想之突进前，社会大变革继进于后。远即欧洲文艺复兴，继之资产阶级革命；近则中国五四新文化运动，方启新民主主义革命运动之端。

　　中国之兴，系于思想解放，始有改革开放，再创举世之伟绩，其曰由"站"至"富"再至"强"，旷古烁今，亦渐进中华民族复兴之伟业。回视中国四十载改革开放之历程，思想解放自始贯之。改革开放辉煌之路，即解放、发展生产力之史，亦是破除旧俗、寻求新观之史。

　　若获重生，必先克己。吾生也有涯，是而必以无上决绝之心割裂旧我，以自我改革之勇气重生新我，至此方可面貌全新,再度翱翔于天际。

然事未止于此……

鹰落于石上,似欲南飞而暂歇。鹿熟视之,此鹰乃海冬青是也。鹿方忆海冬青邂逅孔雀之事。

"羽虫三百有六十,神俊最数海冬青。性秉金灵含火德,异材上映瑶光星。"此诗即赞海冬青之刚毅激猛,誉其品质之优可与星辰争辉。其力之大,如千钧击石;其翔速之快,迅如闪电。据传十万神鹰方出一海冬青,即"万鹰之神",其勇敢、智慧、坚韧、正直、强大、开拓、进取、向上,永不言败。

曩时,孔雀非今貌,其羽无光,更无炫目之"圆眼"羽翎。仅因其驯良、温顺而为人之所喜。孔雀者,百鸟之王也。其开屏则绚烂无双,唯其聪善,且最喜自由和平,目之为吉祥幸福之鸟。有言孔雀乃凤凰之化身,其开屏寓大吉,兼具女子和谐温婉之貌,人皆拱之为祥瑞。

孔雀方遇海冬青,语之曰:"吾亦曾展翅翱翔于天际,然'光''音'缠绕,是以难进。"海冬青甚惑,曰:"何'光'与'音',害汝难飞?"孔雀曰:"乃人艳羡之'目光'与赞誉之'声音'。"究其缘由,乃因人之交口赞誉,孔雀即展尾屏,以其华美示人,翩跹而舞。因其美艳无双,五光十色,夺人眼目,有如华光四射。

因人之尊崇备至，孔雀遂为"美""尊贵"之化身，"吉祥""幸福"之象征。久之，孔雀骄于此，则无飞翔之力矣，亦渐疏于群鸟。

大千世界，芸芸众生，人为百灵之长，盖气之聚结，塞乎天地之间。海冬青邂逅孔雀之事，抑或为自嘲与自省耳。然伫立阿尔山之巅，南向而望，则见红

郭伟忠 摄

城。"麦浪滚滚三千里,稻花香飘河两岸",此乃江南盛景也,塞北阿尔山必不逊此。其南二百余里,有名城曰乌兰浩特(红城)者,其为民族自治区开先河之地。遥想七十余年前,此地均寿三十有五,百人中文盲几占八十又五,可高小升学者百不足一。其贫也如此,其荒也莫及。中国共产党振臂一呼,始有民族区域自治。

自此昂首阔步，高歌猛进，中国特色之路跃然于世。不惟中国，放之全球，此亦解决民族问题之典范。呼应香江之畔，"一国两制"同为成功范例。当今世界共有难题，即民族、地区二事，令诸多发达国家亦束手无策。中国之内蒙古自治区、香港两地方案，可谓绝佳。一历七十载，一逾廿年，其理论、实践皆可助推人类命运共同体之构建。

鹿鸣，鹿跃，余亦跃起。顷之，鹿疾入林，不见。

乍暖还寒时节，阿尔山翘望春归。彼时塞外沃土千里，万物复阳，百草丛生，鲜花遍野，生机勃勃。阿尔山论坛应天、应地、应时、应人，其生也光，其长也壮，其势也长。

余亦欣然。《小鹿传说》虽为故章，然今谱新篇。民族之兴、国运之盛，亦世界之幸。借古鉴今，融汇西中，和谐共处，天下大同。

2018年12月·阿尔山市

后 记

幸福密码

茨威格在《人类群星闪耀时》一书中曾经写道:"一个人最大的幸福莫过于在人生的中途,富有创造力的壮年,发现自己此生的使命。"这样看来,葛健同志无疑是一个幸福的人。传承和发展草原文化是他的人生源泉和幸福密码,这是多年来令我羡慕无比的事情。最近了解到哈佛一个始于20世纪30年代、如今已进行八十余年、耗资超过两千万美元的"幸福人生"项目,研究结果表明,人生一项非常重要的幸福指标是达到人生里的"传承"阶段,不仅能关爱并帮助自己的子孙后代,还能关照到其他青少年和年轻后辈。葛健同志的这本书恰恰名为《传承笔记》，初成于2020庚子鼠年，他的花甲之年，算是近些年他的某一方面思想小结。

作为女儿，我被选中书写后记，很长时间不知如何下笔。说到"传承"的内容，书中这些熟悉的文章几乎是关于国家、民族和事业的大爱，但也仅仅是多年来我从父亲、从其他长辈、从中华五千年悠悠历史和文化中传承到的一小部分。若将"传承"看作一种行为，就是说把祖先创造的灿烂文化，经过我们的手能够积极地、健康地、真实地、完整地传给我们的子孙后代，这才是"传承"的终极目标，我们脚下的路还很漫长。

达到"传承"的终极目标，并不轻松。

2021年是建党一百周年，也是中国现代考古学诞辰一百周年。1921年，瑞典的地质学家安特生和中国的考古学家一起发现了河南的仰韶遗址，拉开了中国现代考古学的序幕。百年来，中国现代考古学不断发展，考古学家在中华大地上勤奋地发掘、研究、探索，证实了中华文明在五千年前就已经存在，如满天星斗，遍及长城内外、大江南北。

2004年，世界遗产大会首次在中国召开，会上制定了一项规定：无论国家大小，每个国家每年只能申报一项文化遗产，以平衡文化的多样性。从这个角度出发，将视角锁定中国北方草原，将传承的内容聚焦到"草原文化",仍需要很多人为之倾注多年时间和心血。我们不仅需要重视各种物质形态文化遗产的保护,更要关注和重视精神层面文化遗产的保护、发展和传承。因为它们和我们每个人的社会生活都有着千丝万缕的联系。物质生活在改变,生产力和生产关系也在改变。而从古至今,有些社会关系和传统美德是一脉相承的,构成了我们从小学习和认知的根基,甚至是力量源泉。比如,草原文化中所提倡的爱护自然环境、敬畏生命和死亡、"尊重不同、积极融合"、"热烈奔放、勇猛刚健"、艰苦朴素和责任担当……不胜枚举,不如讲两件日常生活中的小事吧。

阅读可以说是我最大的兴趣爱好,而《傲慢与偏见》是我非常喜欢的一本书。它讲述了傲慢的男主角与带有偏见的女主角之间曲折动人的爱情故事,告诉我们人与人之间应该摒除成见、积极沟通的道理。受葛健同志从事草原文化事业的影响,我也会阅读一些相关书籍并和大家交流。在这个过程中我发现,很多人看待成吉思汗、忽必烈等草原文化代表人物以及他们的民族和历史,还是带有较深的偏见的。很少有人去思考,如果成因中仅是那些"所谓的"偏见,13世纪,一个生产力非常落后的中国北方草原民族,如何能迅速崛起并建立起庞大的军事集团?在唐宋之后的元朝,如何能在发展经济和世界贸易之余，使得艺术文化领域也得到了空前的发展？成吉思汗因何会赞叹丘处机道长？忽必烈和马可·波罗怎能成为君臣好友？《忽必烈的挑战：蒙古帝国与世界历史的大转向》一书，将蒙古族人的形象不再局限于"野蛮入侵者"或"军事破坏者"。它描述了1276年的杭州，伯颜所率的蒙古大军没有面临或者发起暴动，所到之处，军民不战而降，开城欢迎，没有沾染任何血腥，占领了这座南宋的首都，并维持了城市秩序和发展，后续也都是极为和平地收服了南宋旧领的江南全部地区。本书另辟蹊径，再现了当年忽必烈以及蒙古民族应对重重挑战，成立新的王朝，构建地跨欧亚大陆的经济体系、陆上海上的军事和商贸体系的历史。反观现代生活中的我们，应该如何融入一个新的集体？创办一家新的公司？开拓一个新的客户？学习一门新的技能？发展一项新的爱好？交一个新的朋友？很多时候，尤其是遇到困难的时候，我都会告诉自己，要努力学习和思考，摒除偏见，以一颗平常心，积极应对挑战；与人交往要多些同理心，充分尊重不同，因为发展是需要团结团结再团结的。

另外一件事，葛健同志一直教导我，与人交往要多付出、多欣赏、多替他人着想。从小到大，家里的东西，新的、好吃的、好玩的、好穿的，只要有亲戚朋友在，分配的时候，总是最后一个轮到我，很多时候还轮不到。小时候我曾经很费解这种分配方式，但又无可奈何，只能强颜欢笑，自从得知了草原母亲和三千孤儿的事，我就豁然开朗了。真正的爱，无论是亲情、友情，还是爱情，都是无私的，付出的时刻，就是幸福的时刻。只有胸怀像草原一样宽广，才能获得心灵的自由。努力发现身边的美好，就会发现世界的美好与温暖。另外，关于为什么称呼爸爸为"葛健同志"，想必大家也能猜出一二，在高中时我就光荣地加入了中国共产党，对于爸爸来说，这就是最好的传承了。

总之，在我眼中，上边这些点点滴滴就是草原文化在我们日常生活中的文化遗产。可是要梳理、甄选、弘扬、与时俱进，用现代的语言讲好传统的故事，以史为鉴来指导现在的工作和生活，"传承"真是一件艰难却幸福的事情啊！

《一沓剪报——妈妈最想让孩子知道的幸福密码》是奶奶多年给我们剪报而结集成册的一本书。我觉得"幸福密码"是蕴藏小小玄妙和大大温暖的一个词，故拿来一用。生于20世纪80年代的草原名城呼和浩特，长在巍巍中华文化自信的春风里的我，多年来无论传承几多，现在每天仍在不断学习和向前，感到幸福其实平凡而简单——它的密码映在绿水青山、悠悠草原，映在书本、手机或者电脑屏幕的字里行间,也映在周围每一名奋斗者清晨镜中的笑脸、桌上的一餐一饭。同时,幸福也并不简单。《传承笔记》记载了我们曾经非常艰难却弥足珍贵的坚持,也指引着我们未来继续披荆斩棘前进的方向。若将它作为幸福密码,却并非一朝一夕一心境,一言一诗一余生写得清、道得明的吧。

最后我想说,我爱我的爸爸,也非常感谢爸爸。我愿意作为一支笔、一双手,继续努力把这篇传承笔记书写和记录下去。世上无难事,只要肯登攀!愿我们以家庭为单位,为祖国做好新时代前进浪潮中的一个小小积分。爸爸最爱草原的蓝天白云,而我最爱草原夜晚的银河。每当抬头仰望,它仿佛在说:

凡是过往,皆为序章;

所有明天,可期可盼。

爱如山海,寂静如常;

繁星闪耀,璀璨一方。

葛凌波

辛丑年岁末于北京